Sherlock Holmes

O Cão dos Baskervilles

ARTHUR CONAN DOYLE

Sherlock Holmes

O Cão dos Baskervilles

Tradução:
Ciro Mioranza

Lafonte

Título original: *The Hound of the Baskervilles*

Direção Editorial *Ethel Santaella*
Coordenação Editorial *Denise Gianoglio*
Tradução *Ciro Mioranza*
Revisão *Valéria Thomé*
Projeto gráfico de miolo e capa *Full Case*
Ilustração de capa *ilbusca/istockphoto.com*
Produção gráfica *Giliard Andrade*
Diagramação *Demetrios Cardozo*

Dados Internacionais de Catalogação na Publicação (CIP)
(Câmara Brasileira do Livro, SP, Brasil)

Doyle, Arthur Conan, Sir, 1859-1930
Sherlock Holmes : o cão dos Baskervilles / Sir Arthur Conan Doyle ; tradução Ciro Mioranza. -- São Paulo : Lafonte, 2018.

Título original: The hound of the Baskervilles
ISBN 978-85-8186-320-7

1. Ficção policial e de mistério (Literatura inglesa) 2. Holmes, Sherlock (Personagem fictício) I. Título.

18-21183 CDD-823.0872

Índices para catálogo sistemático:

1. Ficção policial e de mistério : Literatura inglesa 823.0872

Cibele Maria Dias - Bibliotecária - CRB-8/9427

Editora Lafonte

Av. Profª Ida Kolb, 551, Casa Verde, CEP 02518-000, São Paulo-SP, Brasil
Tel.: (+55) 11 3855-2100, CEP 02518-000, São Paulo-SP, Brasil
Atendimento ao leitor (+55) 11 3855- 2216 / 11 – 3855 - 2213 – *atendimento@editoralafonte.com.br*
Venda de livros avulsos (+55) 11 3855- 2216 – *vendas@editoralafonte.com.br*
Venda de livros no atacado (+55) 11 3855-2275 – *atacado@escala.com.br*

Sumário

Apresentação

O escritor Arthur Ignatius Conan Doyle (1859-1930) nasceu em Edimburgo, Escócia, e se formou em Medicina, em 1881. Começou a exercer sua atividade profissional em exíguo consultório, onde, sem clientes, ocupava suas horas escrevendo. Optou então em servir como médico em um navio, singrando os mares por quase um ano, mas não se sentia atraído por esse modo de vida. Assim mesmo, embarcou numa segunda nave, que percorreu boa parte da costa da África durante quase seis meses. Essa nova experiência não lhe deu ânimo para continuar nesse ofício, por causa das agruras das viagens marítimas; decidiu nunca mais zarpar em qualquer vapor, mesmo porque ganhava mais escrevendo do que exercendo sua profissão a bordo, como ele próprio afirmou, nessa época, em carta endereçada à mãe.

Passou então a dedicar-se exclusivamente à atividade literária, que, desde sua juventude, era uma paixão. Não parou mais de escrever e deixou vasta obra. Embora se tenha tornado mundialmente conhecido por seus escritos de crônica policial, publicou ainda títulos que contemplam variados gêneros, como narrativas, contos, ensaios e obras históricas. Em seus romances policiais, criou dois personagens que acabaram se tornando mais famosos que ele próprio, o detetive Sherlock Holmes e seu inseparável e fiel parceiro Dr. Watson. Esses romances atravessaram épocas e gerações, continuando a ser reeditados em todo o mundo e nas mais diversas línguas.

O Cão dos Baskervilles é um romance policial, publicado primeiramente em partes na revista *Strand Magazine,* entre agosto de 1901 e abril de 1902. Seu enredo se desenvolve nos entornos de uma propriedade interiorana da tradicional e rica família Baskerville. À beira de um pântano adjacente, ocorre a morte misteriosa do dono da propriedade, provocada por um estranho animal monstruoso. A investigação do caso por parte do detetive Sherlock Holmes e de seu parceiro Dr. Watson se revela difícil e complexa, uma trama repleta de idas e vindas, avanços e retrocessos, sucessos e fracassos, com suspense dominando todas as páginas do livro. Apesar de conter cenas chocantes e traumáticas, o romance prende o leitor do começo ao fim pelas descobertas inesperadas, pelos fatos misteriosos, pelos rumos surpreendentes das investigações e também pelas tiradas de humor que entremeiam o texto. Tudo conduzido pela incomparável visão e perspicácia de Sherlock Holmes, para não dizer pela genialidade e maestria do autor, Sir Conan Doyle.

O tradutor

Capítulo I

Sr. Sherlock Holmes

O senhor Sherlock Holmes, que estava acostumado a se levantar muito tarde de manhã, salvo naquelas ocasiões, não raras, em que passava a noite toda em claro, estava sentado à mesa do café da manhã. Eu estava de pé sobre o pequeno tapete diante da lareira e apanhei a bengala que nosso visitante havia deixado ali na noite anterior. Era uma bela e grossa peça de madeira, de castão bulboso, do tipo conhecido como *Penang lawyer*. Logo abaixo do castão havia uma larga faixa de prata, de cerca de uma polegada. Nela estava gravado: "Para James Mortimer, M.R.C.S., de seus amigos do C.C.H.", com a data de 1884. Era exatamente o tipo de bengala que um médico de família à moda antiga costumava carregar... digna, sólida e tranquilizadora.

– Bem, Watson, o que vai fazer com ela?

Holmes estava sentado de costas para mim e eu não lhe havia dado nenhum sinal sobre o que me ocupava no momento.

– Como soube o que eu estava fazendo? Acho que você tem olhos na nuca.

– Tenho, pelo menos, um bule de prata bem polido à minha frente – disse ele. – Mas diga-me, Watson, o que pode inferir da bengala de nosso visitante? Visto que sofremos o revés de deixá-lo escapar e não temos a menor ideia da incumbência que o trouxe aqui, essa lembrança incidental deve ter sua importância. Gostaria de ouvi-lo reconstituir o homem a partir de uma análise dela.

– Acho – disse eu, seguindo até onde podia os métodos de meu companheiro – que o Dr. Mortimer é um médico idoso e bem-sucedido, muito estimado, uma vez que aqueles que o conhecem lhe dão esta prova de apreço.

– Bom! – disse Holmes. – Excelente!

– Acho também que as probabilidades me levam a crer que ele é um médico da área rural, que faz grande parte de suas visitas a pé.

– Por quê?

– Porque esta bengala, embora originalmente muito elegante, já levou tantas pancadas por aí que mal posso imaginar que um médico da cidade a carregasse. A grossa ponteira de ferro está tão gasta que é de todo evidente que ele já andou caminhando muito com ela.

– Perfeitamente lógico! – disse Holmes.

– E mais ainda, há o "amigos do C.C.H." Poderia dizer que essas iniciais indicam algo relativo à caça, o esporte local da caçada, a cujos membros ele possivelmente prestou alguma assistência cirúrgica, e eles retribuíram o favor com um pequeno presente.

– Realmente, Watson, você se supera – disse Holmes, empurrando sua cadeira para trás e acendendo um cigarro. – Sinto-me inclinado a dizer que, em todos os relatos que teve a bondade de fazer de meus pequenos feitos, você geralmente subestimou as próprias habilidades. Pode até ser que você não seja brilhante, mas é um condutor de luz. Algumas pessoas, sem possuir gênio, têm um notável poder de estimulá-lo. Confesso, meu caro companheiro, que tenho uma dívida muito grande para com você.

Ele nunca havia dito tanto antes e devo admitir que as palavras dele me deram um vivo prazer, pois, com frequência, eu me havia irritado com sua indiferença à minha admiração e às tentativas que tinha feito para divulgar os métodos dele. Fiquei até mesmo orgulhoso ao pensar que havia conseguido dominar o sistema dele, a ponto de aplicá-lo de uma maneira que merecia sua aprovação. Ele tomou, então, a bengala de minhas mãos e a examinou por alguns minutos a olho nu. Depois, com uma expressão de interesse, pôs de lado o cigarro e, levando a bengala até a janela, olhou-a novamente de perto com uma lente convexa.

– Interessante, embora elementar – disse ele ao voltar a seu canto favorito do sofá. – Há certamente uma ou duas indicações na bengala. Isso nos fornece a base para várias deduções.

– Alguma coisa me escapou? – perguntei, com alguma presunção. – Creio que não há nada de importante que eu tenha deixado de notar.

– Receio, meu caro Watson, que a maioria de suas conclusões está equivocada. Quando disse que você me estimulava, para ser franco, queria dizer que, ao notar suas falácias, eu era ocasionalmente guiado para a verdade. Não que você esteja inteiramente errado nesse caso. O homem é certamente um médico da zona rural. E realmente caminha muito.

– Então eu estava certo.

– Até esse ponto.

– Mas isso era tudo.

– Não, não, meu caro Watson, não tudo... de modo algum. Eu sugeriria, por exemplo, que um presente para um médico vem, mais provavelmente, de um hospital que de caçadores e que, quando as iniciais "C.C." são colocadas antes desse hospital, as palavras "Charing Cross" se inserem muito naturalmente.

– Talvez tenha razão.

– A probabilidade aponta para essa direção. E, se tomarmos isso como uma hipótese de trabalho, temos uma nova base a partir da qual podemos começar a construir a figura desse visitante desconhecido.

– Bem, supondo então que "C.C.H." indique realmente "Charing Cross Hospital", que outras inferências podemos fazer?

– Não há nenhuma que se insinue? Você conhece meus métodos. Aplique-os!

– Só consigo pensar na conclusão óbvia de que o homem exerceu a profissão médica na cidade antes de ir para a zona rural.

– Acho que poderíamos nos aventurar a ir um pouco mais longe. Veja isso sob essa luz. Em que ocasião seria mais provável que esse presente fosse dado? Quando é que seus amigos se haveriam de reunir para lhe dar um penhor da estima que tinham por ele? Obviamente no momento em que o Dr. Mortimer se afastou do serviço do hospital para começar a clinicar por conta própria. Sabemos que houve um presente. Acreditamos que aconteceu uma mudança de um hospital na cidade para uma clínica na área rural. Nesse caso, seria levar longe demais nossa inferência dizer que o presente foi dado por ocasião da mudança?

– Certamente parece bem provável.

– Pois bem, deve observar que ele não podia fazer parte da direção do hospital, uma vez que somente um médico bem estabelecido num consultório em Londres poderia ocupar semelhante posição; e um médico nessa situação não haveria de migrar para a zona rural. O que era ele, então? Se estava no hospital, mas não pertencia à direção, só podia ser um médico ou um cirurgião residente... pouco mais que um estagiário. E ele saiu cinco anos atrás... a data está na bengala. Assim, seu distinto médico de família, de meia-idade, desaparece, meu caro Watson, e surge um jovem de menos de 30 anos, amável, sem ambição, distraído e dono de um cão de estimação, que eu poderia descrever, por alto, como maior que um terrier e menor que um mastim.

Ri incredulamente enquanto Sherlock Holmes se recostava no sofá e soprava pequenos anéis oscilantes de fumaça em direção ao teto.

– Quanto à última parte, não tenho como conferi-la – disse eu –, mas pelo menos não é difícil descobrir alguns pormenores sobre a idade e a carreira profissional do homem.

De minha pequena estante de obras de medicina, apanhei o *Medical Directory* e localizei o nome. Havia vários Mortimer, mas somente um podia ser nosso visitante. Li a ficha dele em voz alta:

– Mortimer, James, M.R.C.S., 1882, Grimpen, Dartmoor, Devon. Cirurgião residente, de 1882 a 1884, no Charing Cross Hospital. Ganhador do Prêmio Jackson para Patologia Comparada, com o ensaio intitulado 'A doença é uma reversão?' Membro correspondente da Sociedade Sueca de Patologia. Autor de 'Algumas veleidades do atavismo' (*Lancet*, 1882) e 'Estamos progredindo?' (*Journal of Psychology*, março de 1883). Médico encarregado das paróquias de Grimpen, Thorsley e High Barrow."

– Nenhuma menção a esse local de caça, Watson – disse Holmes, com um sorriso malicioso –, mas um médico da zona rural, como você muito astutamente observou. Acho que estou razoavelmente justificado em minhas inferências. Quanto aos adjetivos, eu disse, se bem me lembro, amável, sem ambição e distraído. Minha experiência me diz que somente um homem amável recebe homenagens neste mundo, só um homem sem ambição abandona uma carreira em Londres em favor da área rural e só um homem distraído deixa sua bengala e não um cartão de visitas, depois de esperar uma hora pelo senhor da casa.

– E o cão?

– Tinha o hábito de andar atrás do dono carregando a bengala. Sendo uma bengala pesada, o cão a segurava firmemente pelo meio, e as marcas de seus dentes são claramente visíveis. A mandíbula do cão, como se pode constatar no espaço entre essas marcas, é larga demais, em minha opinião, para um terrier e não suficientemente larga para um mastim; poderia ter sido... sim, por Júpiter, é um spaniel de pelo ondulado.

Ele se havia levantado e andava pela sala, enquanto falava. Então parou no recuo da janela. Havia um tom de tanta convicção em sua voz que levantei os olhos, surpreso.

– Meu caro camarada, como é possível ter tanta certeza?

– Pela simples razão de que estou vendo o próprio cachorro na soleira de nossa porta e seu dono está prestes a tocar a campainha. Não se mexa, por favor, Watson. Ele é seu confrade de profissão e você aqui presente pode ser de muita utilidade para mim. Agora é o momento dramático do destino, Watson, quando pode ouvir passos na escada que avançam para entrar em sua vida; e você não sabe se para o bem ou para o mal. O que o Dr. James Mortimer, homem de ciência, vem pedir a Sherlock Holmes, especialista em crimes? Entre!

A aparência de nosso visitante foi uma surpresa para mim, uma vez que esperava um típico médico de área rural. Era um homem bem alto, magro, com um longo e proeminente nariz, que se sobressaía entre dois penetrantes olhos cinza, muito juntos e que cintilavam com intenso brilho por detrás de um par de óculos com aro de ouro. Estava vestido de modo profissional, mas um tanto desleixado, pois sua sobrecasaca estava desbotada e suas calças, puídas. Embora jovem, suas longas costas já estavam encurvadas e caminhava impelindo a cabeça para a frente; além disso, tinha um ar geral de perscrutadora benevolência. Ao entrar, seus olhos deram com a bengala nas mãos de Holmes e correu para ela com uma exclamação de alegria.

– Estou tão contente – disse ele. – Não tinha certeza se a havia deixado aqui ou na agência marítima. Não gostaria de perder essa bengala por nada deste mundo.

– Um presente, pelo que vejo – falou Holmes.

– Sim, senhor.

– Do hospital Charing Cross?

– De um ou dois amigos de lá, por ocasião de meu casamento.

– Não, não, isso não é bom! – disse Holmes, sacudindo a cabeça.

O Dr. Mortimer fitou-o rapidamente através de seus óculos, com moderado espanto.

– Por que não é bom?

– Somente porque o senhor desbaratou nossas pequenas deduções. Seu casamento, foi o que disse?

– Sim, senhor. Eu me casei e por isso deixei o hospital; e, com ele, todas as esperanças de montar um consultório. Era necessário construir meu próprio lar.

– Bem, bem, não estamos tão errados assim, no fim das contas – disse Holmes. – E agora, Dr. James Mortimer...

– Senhor, por favor, senhor... um humilde M.R.C.S.

– E um homem de mente precisa, evidentemente.

– Um diletante da ciência, senhor Holmes, um catador de conchas nas praias do imenso e desconhecido oceano. Presumo que é ao senhor Sherlock Holmes que estou me dirigindo e não...

– Não, esse é meu amigo Dr. Watson.

– Prazer em conhecê-lo, senhor. Tenho ouvido mencionar seu nome em conexão com o de seu amigo. O senhor me interessa muito, senhor Holmes. Realmente, eu não esperava um crânio tão dolicocéfalo ou um desenvolvimento supraorbital tão bem definido. Teria alguma objeção a que eu passe o dedo ao longo de sua fissura parietal? Um molde de seu crânio, senhor, até que o original esteja disponível, seria um ornamento para qualquer museu antropológico. Não é minha intenção ofendê-lo, mas confesso que eu cobiço seu crânio.

Sherlock Holmes ofereceu uma cadeira para nosso estranho visitante.

– Percebo, senhor, que é um entusiasta em sua linha de pensamento, como eu na minha – disse ele. – Observo por seu dedo indicador que faz seus próprios cigarros. Não se acanhe em acender um.

O homem tirou papel e fumo e enrolou um no outro com surpreendente destreza. Tinha dedos longos e trêmulos, tão ágeis e inquietos como as antenas de um inseto.

Holmes se mantinha em silêncio, mas suas rápidas olhadas penetrantes me mostravam o interesse que tinha por nosso curioso companheiro.

– Presumo, senhor – disse ele, finalmente –, que não foi somente com o propósito de examinar meu crânio que o senhor me deu a honra de sua visita ontem à noite e novamente hoje.

– Não, senhor, não; embora me sinta feliz por ter tido a oportunidade de fazer isso também. Vim procurá-lo, senhor Holmes, porque reconheço que eu mesmo sou um homem inepto e porque me vejo subitamente confrontado com um problema deveras grave e extraordinário. Reconhecendo, como o faço, que o senhor é o segundo maior especialista na Europa...

– Verdade, senhor! Poderia lhe perguntar quem leva a honra de ser o primeiro? – indagou Holmes, com alguma aspereza.

– Para o homem de mente rigorosamente científica, o trabalho de Monsieur Bertillon terá sempre, indubitavelmente, a primazia.

– Não seria melhor, pois, para o senhor consultá-lo?

– Eu disse, senhor, para a mente rigorosamente científica. Mas, como homem prático em ocorrências, todos reconhecem que o senhor é o melhor. Espero, senhor, que eu não tenha inadvertidamente...

– Só um pouco – disse Holmes. – Creio, Dr. Mortimer, que faria muito bem se, sem mais delongas, tivesse a bondade de me dizer claramente qual é a natureza exata do problema em que solicita minha ajuda.

Capítulo II

A maldição dos Baskervilles

— Tenho um manuscrito em meu bolso – disse o Dr. James Mortimer.

– Reparei nele quando o senhor entrou na sala – disse Holmes.

– É um manuscrito antigo.

– Do início do século XVIII, a menos que seja uma falsificação.

– Como pode dizer isso, senhor?

– O senhor deixou à mostra uma polegada ou duas dele para meu exame durante todo o tempo em que esteve falando. Só mesmo um perito inepto não haveria de conseguir estabelecer a data de um documento com uma aproximação de uma década. É provável que o senhor tenha lido minha pequena monografia sobre o assunto. Eu o faço remontar ao ano de 1730.

– A data exata é 1742. – O Dr. Mortimer o retirou do bolso interno do paletó. – Este documento de família foi confiado a meus cuidados por Sir Charles Baskerville, cuja súbita e trágica morte, há cerca de três meses, gerou tanta comoção em Devonshire. Posso dizer que eu era amigo pessoal dele, além de atendê-lo como médico. Ele era, senhor, um homem de caráter decidido, sagaz, prático e tão desprovido de imaginação como eu. Ainda assim, levava esse documento muito a sério, e sua mente estava preparada exatamente para um fim como o que realmente o colheu.

Holmes estendeu a mão para o manuscrito e o abriu sobre os joelhos.

– Você vai observar, Watson, o uso alternado do "s" longo e do curto. É uma das várias indicações que me permitiram fixar a data.

Olhei, por sobre o ombro dele, para o papel amarelo e a escrita esmaecida. No cabeçalho, estava escrito: "Mansão Baskerville"; e, abaixo, em números grandes, rabiscados: "1742".

– Parece uma espécie de relato.

– Sim, é um relato de certa lenda que corre na família Baskerville.

– Mas entendo que é sobre algo mais recente e prático que deseja me consultar.

– Bem, bem recente. Um assunto extremamente prático e premente, que deve ser decidido dentro de 24 horas. Mas o manuscrito é breve e está intimamente ligado ao caso. Com sua permissão, passo a lê-lo para o senhor.

Holmes recostou-se na cadeira, juntou as pontas dos dedos e fechou os olhos, com um ar de resignação. O Dr. Mortimer virou o manuscrito para a luz e leu, em voz alta e destacada, a curiosa e antiga narrativa que se segue:

– Sobre a origem do Cão dos Baskervilles, houve muitos relatos, mas como descendo em linha direta de Hugo Baskerville e como ouvi a história de meu pai, que também a ouviu do dele, decidi transcrevê-la com toda a convicção de que ocorreu exatamente como aqui está escrita. E gostaria que vocês acreditassem, meus filhos, que a mesma justiça que pune o pecado pode também misericordiosamente perdoá-lo; e que nenhuma condenação é tão pesada que não possa, por meio da oração e do arrependimento, ser removida. Aprendam, portanto, com essa história, a não temer os frutos do passado, mas antes a ser circunspectos no futuro, a fim de que essas infames paixões pelas quais nossa família sofreu tão dolorosamente não venham a ser novamente libertadas para nossa ruína.

"Saibam, pois, que no tempo da Grande Rebelião (cuja história, escrita pelo culto Lord Clarendon, recomendo sinceramente à atenção de vocês) esta propriedade pertencia a Hugo Baskerville, e ninguém pode negar que ele era um homem violento, profano e ímpio. Isso, na verdade, seus vizinhos poderiam ter perdoado, visto que santos nunca floresceram por esses lados, mas havia nele certa disposição libertina e cruel que tornou seu nome proverbial no oeste. Aconteceu que esse Hugo se apaixonou (se, na verdade, tão obscura paixão pode ser descrita com palavra tão luminosa) pela filha do proprietário de terras próximas à propriedade dos Baskervilles. Mas a moça, discreta e de boa reputação, sempre o evitava, pois temia a má fama dele. Ocorreu então que, num dia da festa de São Miguel, esse Hugo, com cinco ou seis de seus companheiros indolentes e malvados, penetrou às escondidas na fazenda e raptou a moça, sabendo que o pai e os irmãos dela estavam fora de casa. Depois de tê-la levado para a mansão, colocaram-na num quarto do andar de cima, enquanto Hugo e seus amigos se entregavam a uma interminável farra regada a bebidas, como era costume deles à noite. Ora, a pobre moça no andar de cima ficou quase louca com os cantos, os gritos e as terríveis blasfêmias que lhe chegavam aos ouvidos desde a sala debaixo, pois dizem que as palavras usadas por Hugo Baskerville, quando estava embriagado, eram tais que podiam destruir o homem que as proferia. Finalmente, na tensão do medo, ela fez aquilo que poderia ter atemorizado o mais corajoso e ágil dos homens, pois, com a ajuda da hera bem crescida que cobria (e ainda cobre) a parede sul, desceu pelas beiradas e passou a correr em direção de casa através do pântano; havia três léguas a percorrer entre a mansão e a fazenda do pai dela."

"Aconteceu que, pouco tempo depois, Hugo deixou seus convidados para levar comida e bebida... com outras coisas piores, talvez... à sua cativa e, desse modo, descobriu que a gaiola estava vazia e a ave tinha escapado. Então, ao que parece, ficou como que possuído pelo demônio, pois, correndo escada abaixo para a sala de jantar, saltou sobre a grande mesa, com jarras e travessas voando derredor, e gritou diante de todo o grupo que, nessa mesma noite, haveria de entregar seu corpo e sua alma às forças do mal, se não conseguisse recuperar a moça. E enquanto os farristas estavam aterrorizados com a fúria do homem, um mais perverso ou, talvez, mais bêbado que os demais, gritou que deveriam pôr os cães atrás dela. Diante disso, Hugo saiu correndo da casa, gritando para os cavalariços que encilhassem sua égua e soltassem a matilha; e, colocando um lenço da moça diante dos cães, os dispôs em linha e, aos gritos, os fez disparar pelo pântano sob a luz da lua."

"Ora, por algum tempo os farristas ficaram boquiabertos, incapazes de compreender tudo o que havia sido feito com tanta pressa. Mas sem demora sua mente ébria despertou para a natureza da ação que deveria ser levada adiante através dos terrenos pantanosos. Tudo estava agora em grande confusão, alguns pedindo suas pistolas, outros reclamando seus cavalos, outros ainda gritando por mais uma garrafa de vinho. Mas, finalmente, um pouco de bom senso retornou à mente tresloucada deles, e todos, treze no total, montaram em seus cavalos e iniciaram a perseguição. A lua brilhava intensamente acima deles, e cavalgaram rapidamente, lado a lado, percorrendo o caminho que a moça devia ter tomado, se quisesse chegar em sua própria casa."

"Haviam percorrido uma ou duas milhas quando passaram por um dos pastores da noite, que andam por essas terras pantanosas, e lhe perguntaram aos gritos se havia visto a moça caçada. E o homem, pelo que contam, ficou tão perturbado de medo que mal podia falar, mas, finalmente, conseguiu dizer que, na verdade, havia visto a infeliz moça com os cães ao encalço dela. 'Mas vi mais que isso', disse ele, 'pois Hugo Baskerville passou por mim em sua égua negra, e atrás dele corria em silêncio um cão dos infernos que Deus nunca permita que ande em meus calcanhares.' Assim, os bêbados fidalgos amaldiçoaram o pastor e seguiram em frente. Mas logo sua peles se arrepiou, pois um som de galope vinha do pântano; e a égua negra, salpicada de espuma branca, passou arrastando as rédeas e com a sela vazia. Então os farristas continuaram cavalgando bem juntos, tomados de grande medo, mas continuaram seguindo pelo pântano, embora cada um deles, se estivesse sozinho, teria ficado muito contente em dar meia-volta com seu cavalo. Cavalgando lentamente dessa maneira, alcançaram por fim os cães. Estes, embora conhecidos por sua coragem e sua raça, ganiam, aglomerados no topo de uma depressão ou valão, que se abria no pântano, alguns recuando, e outros, com o pelo eriçado e olhos esbugalhados, olhando para baixo do estreito vale."

"O grupo havia parado, todos eles mais sóbrios, como podem imaginar, do que ao partir. A maioria não queria de modo algum avançar, mas três deles, os mais audaciosos, ou talvez os mais bêbados, seguiram em frente, vale abaixo. Ora, ele se abria num amplo espaço em que havia duas daquelas grandes pedras, que ainda podem ser vistas ali e que haviam sido colocadas por certos povos esquecidos, em tempos antigos. A lua brilhava intensamente sobre a clareira; e lá, bem no centro, jazia a infeliz moça, onde havia caído, morta de medo e de fadiga. Não foi, porém, a visão do corpo dela, nem mesmo a do corpo de Hugo Baskerville, estendido perto dela, que deixou os cabelos em pé desses três temerários fanfarrões, mas foi que, em cima de Hugo e agarrada à garganta dele, via-se uma coisa repugnante, uma enorme fera negra, com a forma de um cão, mas bem maior que qualquer cão em que os olhos de um mortal já pousaram. No momento em que olhavam, a coisa rasgou a garganta de Hugo Baskerville e, quando ela virou os olhos chamejantes e as mandíbulas ensanguentadas para eles, os três gritaram de medo e cavalgaram em fuga, sempre aos gritos, através do pântano. Conta-se que um deles morreu naquela mesma noite e os outros dois ficaram inválidos pelo resto de seus dias."

"Essa é a história, meus filhos, da chegada do cão que, como dizem, tem atormentado a família tão dolorosamente desde então. Se a coloquei no papel, é porque o que é claramente conhecido aterroriza menos do que aquilo que é apenas insinuado e imaginado. Não se pode negar tampouco que muitos da família foram infelizes em sua morte, que foi repentina, sangrenta e misteriosa. Ainda assim, podemos nos abrigar na infinita bondade da Providência, que não haveria de punir para sempre os inocentes além daquela terceira ou quarta geração, que é ameaçada na Sagrada Escritura. A essa Providência, meus filhos, eu os recomendo e os aconselho, por medida de precaução, a evitar cruzar o pântano naquelas horas escuras em que as forças do mal estão exaltadas.

"[De Hugo Baskerville para seus filhos Rodger e John, com instruções para que nada digam a respeito disso à irmã deles, Elizabeth.]"

Quando o Dr. Mortimer terminou a leitura dessa singular narrativa, empurrou os óculos para a testa e fitou o senhor Sherlock Holmes. Este bocejou e jogou a ponta do cigarro na lareira.

– Bem? – disse ele.

– Não acha isso interessante?

– Para um colecionador de contos de fadas.

O Dr. Mortimer tirou do bolso um jornal dobrado.

– Agora, senhor Holmes, vamos lhe dar algo um pouco mais recente. Este é o *Devon County Chronicle,* de 14 de maio deste ano. É um breve relato dos fatos que vieram à tona quando da morte de Sir Charles Baskerville, que ocorreu alguns dias antes dessa data.

Meu amigo se inclinou um pouco para a frente e assumiu uma expressão atenta. Nosso visitante reajustou seus óculos e começou:

– A recente e súbita morte de Sir Charles Baskerville, cujo nome foi mencionado como o provável candidato liberal para Mid-Devon nas próximas eleições, mergulhou em tristeza o condado.

Embora Sir Charles tenha residido na mansão Baskerville por um período relativamente curto, sua amabilidade de caráter e extrema generosidade conquistaram a afeição e o respeito de todos que entraram em contato com ele. Nesses dias de novos ricos, é reanimador encontrar um caso em que o rebento de uma antiga família do condado, que caiu em desgraça, seja capaz de fazer a própria fortuna e trazê-la de volta consigo para restaurar a grandeza decaída de sua linhagem. Sir Charles, como é bem sabido, ganhou vultosas somas de dinheiro em especulações na África do Sul. Mais prudente que aqueles que continuam até que a roda da fortuna se volte contra eles, converteu seus ganhos em dinheiro e retornou com ele para a Inglaterra. Faz apenas dois anos que fixou residência na mansão Baskerville, e é voz corrente que grandes projetos de reconstrução e de melhorias foram interrompidos com sua morte. Não tendo filhos, era seu desejo, publicamente expresso, que toda a região deveria se beneficiar, durante sua vida, de sua boa fortuna; e muitos devem ter razões pessoais para deplorar seu fim prematuro. Suas generosas doações a obras de caridade locais e do condado foram frequentemente noticiadas nestas colunas.

"Não se pode dizer que as circunstâncias relacionadas com a morte de Sir Charles foram inteiramente esclarecidas pelo inquérito, mas foi feito, pelo menos, o suficiente para dissipar aqueles boatos que a superstição local deu origem. Não há qualquer motivo para se suspeitar de crime ou para imaginar que a morte possa ter ocorrido por outra coisa senão por causas naturais. Sir Charles era viúvo e um homem de quem se pode dizer que tenha manifestado, sob certos aspectos, atitudes um tanto excêntricas. Apesar de sua considerável riqueza, era simples em seus gostos pessoais, e sua criadagem na mansão Baskerville consistia de um casal chamado Barrymore; o marido servia como mordomo, e a mulher, como governanta. Seus testemunhos, corroborados por aqueles de vários amigos, tendem a mostrar que a saúde de Sir Charles estava enfraquecida havia algum tempo e apontam especialmente para alguma doença do coração, que se manifestava em mudanças de cor, falta de ar e ataques agudos de depressão nervosa. O Dr. James Mortimer, amigo e médico particular do falecido, fez declarações no mesmo sentido."

"Os fatos do caso são simples. Sir Charles Baskerville tinha o hábito de, todas as noites antes de se deitar, fazer uma caminhada pela famosa alameda da mansão Baskerville. O testemunho dos Barrymores mostra que esse era seu costume. No dia 4 de maio, Sir Charles declarou a intenção de partir no dia seguinte para Londres e ordenou a Barrymore que preparasse a bagagem. Nessa noite, saiu como de costume para sua caminhada noturna, durante a qual tinha o hábito de fumar um charuto. Nunca mais voltou. À meia-noite, Barrymore, encontrando a porta da mansão ainda aberta, ficou alarmado e, acendendo uma lanterna, saiu à procura do patrão. O dia tinha sido chuvoso, e as pegadas de Sir Charles eram facilmente visíveis na alameda. A meio caminho dessa via, há um portão que dá acesso ao pântano. Havia indicações de que Sir Charles tinha parado um pouco por ali. Depois prosseguiu pela alameda, e foi na distante extremidade dela que se encontrou o corpo. Um fato não explicado foi a declaração de Barrymore de que as pegadas de seu patrão se modificaram a partir do momento em que ele transpôs o portão do pântano e que, desse ponto em diante, parecia ter caminhado na ponta dos pés. Um tal de Murphy, cigano negociante de cavalos, se encontrava no pântano naquela hora, a pouca distância dali, mas parece que, segundo sua própria confissão, estava num estado deplorável por causa da bebida. Declara que ouviu gritos, mas é incapaz de indicar de que direção provinham. Nenhum sinal de violência foi encontrado no corpo de Sir Charles e, embora o depoimento do médico aponte para uma distorção facial quase inacreditável – tão grande que, de início, o Dr. Mortimer se recusou a acreditar que era de fato seu amigo e paciente que jazia diante dele –, foi explicado que esse é um sintoma que não é incomum em casos de dispneia e morte por exaustão cardíaca. Essa explicação foi ratificada pelo exame *post mortem*, que revelou uma doença orgânica preexistente desde longa data, e o júri de instrução de morte suspeita pronunciou um veredicto de acordo com o parecer do médico legista. É bom que seja assim, porque é obviamente da máxima importância que o herdeiro de Sir Charles tome posse da mansão e continue o bom trabalho que foi interrompido de modo tão triste. Se a prosaica decisão do juiz não tivesse posto um fim definitivo às românticas histórias que foram sussurradas em ligação com o caso, poderia ter sido difícil encontrar um morador para a mansão Baskerville. Pelo que se sabe, o parente mais próximo é o senhor Henry Baskerville, se ainda estiver vivo, filho do irmão mais novo de Sir Charles Baskerville. Quando se teve notícia do jovem pela última vez, ele estava na América, e diligências vêm sendo feitas para poder informá-lo de sua boa sorte."

O Dr. Mortimer dobrou de novo o jornal e o recolocou no bolso.

– São esses os fatos públicos, senhor Holmes, ligados à morte de Sir Charles Baskerville.

– Devo lhe agradecer – disse Sherlock Holmes – por chamar minha atenção para um caso que certamente apresenta algumas facetas de interesse. Eu havia observado alguns comentários nos jornais na época, mas estava extremamente preocupado com aquele pequeno acontecimento dos camafeus do Vaticano e, na ânsia de servir ao papa, perdi contato com vários casos ingleses deveras interessantes. Esse artigo, segundo diz, contém todos os fatos públicos?

– Sim.

– Então, conte-me os privados. – Recostou-se, juntou as pontas dos dedos e assumiu sua expressão mais impassível e imparcial.

– Ao fazer isso – disse o Dr. Mortimer, que tinha começado a mostrar sinais de forte emoção –, estou contando o que não confidenciei a ninguém. Meu motivo para não revelar isso ao juiz investigador é que um homem de ciência reluta, na posição pública que ocupa, em parecer endossar uma superstição popular. Tive o motivo adicional de que a mansão Baskerville, como diz o jornal, certamente haveria de permanecer desabitada, se algo fosse feito para aumentar sua reputação já sombria. Por essas duas razões julguei que estava no direito de contar bem menos do que sabia, visto que nenhum bem prático poderia resultar disso; mas com o senhor, não há nenhuma razão para que eu não possa ser perfeitamente franco.

"O pântano é escassamente habitado e aqueles que vivem próximos uns dos outros são levados a manter-se em contato contínuo. Por essa razão, eu via seguidamente Sir Charles Baskerville. Com exceção do senhor Frankland, da mansão de Lafter, e do senhor Stapleton, o naturalista, não há outro homem instruído num raio de muitas milhas. Sir Charles era um homem reservado, mas o acaso de sua doença nos aproximou e interesses comuns pela ciência nos mantiveram assim muito próximos. Ele havia trazido muitas informações científicas da África do Sul, e passamos não poucas noites encantadoras juntos, discutindo a anatomia comparada dos bosquímanos e dos hotentotes."

"Nesses últimos meses, ficou cada vez mais claro para mim que o sistema nervoso de Sir Charles estava à beira do colapso. Ele havia levado demasiadamente a sério essa lenda que li para o senhor. Tanto assim que, embora caminhasse em suas próprias terras, nada o haveria de induzir a andar pelo pântano à noite. Por incrível que possa lhe parecer, senhor Holmes, ele estava profundamente convencido de que um terrível destino ameaçava a família dele e, certamente, os relatos que era capaz de referir sobre os ancestrais dele não eram encorajadores. A ideia de uma presença horripilante o assombrava constantemente e, em mais de uma ocasião, ele me perguntou se alguma vez, em minhas visitas médicas noturnas, eu havia visto alguma criatura estranha ou ouvido o latido de um cão. Ele me fez esta última pergunta por várias vezes e sempre num tom de voz que vibrava de agitação."

"Lembro-me muito bem de ter ido à casa dele, à noite, cerca de três semanas antes do evento fatal. Por acaso, ele estava à porta da mansão. Eu tinha descido de minha charrete e estava de pé diante dele, quando vi seus olhos se fixarem por cima de meu ombro e fitarem algo, além de mim, com uma expressão do mais pavoroso horror. Voltei-me e só tive tempo de vislumbrar alguma coisa que tomei como sendo um grande bezerro preto passando no alto da entrada de carruagens. Ele ficou tão agitado e alarmado que decidi descer até o local onde estivera o animal e procurá-lo por ali perto. Mas havia desaparecido e o incidente pareceu causar a pior impressão na mente dele. Fiquei com ele a noite inteira e foi nessa ocasião, para explicar a emoção que havia mostrado, que confiou à minha guarda aquela narrativa que li para o senhor, logo que cheguei aqui. Menciono esse pequeno episódio porque ele assume alguma importância em vista da tragédia que se seguiu, mas eu estava convencido, na época, de que o assunto era inteiramente trivial e que a agitação dele não tinha justificativa."

"Foi a meu conselho que Sir Charles estava prestes a partir para Londres. Eu sabia que o coração dele estava afetado e a constante ansiedade em que ele vivia, por mais quimérica que fosse a causa dela, estava evidentemente produzindo sérios efeitos sobre a saúde dele. Pensei que alguns meses entre as distrações da cidade haveriam de fazê-lo retornar como um novo homem. O senhor Stapleton, um amigo comum, que também estava muito preocupado com o estado de saúde dele, foi da mesma opinião. No último instante, sobreveio essa terrível catástrofe."

"Na noite da morte de Sir Charles, Barrymore, o mordomo, que fez a descoberta, mandou o cavalariço Perkins sair a cavalo para me buscar e, como eu estava ainda acordado, pude chegar à mansão Baskerville em menos de uma hora depois do ocorrido. Verifiquei e corroborei todos os fatos que foram mencionados no inquérito. Segui as pegadas pela alameda dos teixos, vi o local junto do portão do pântano onde ele parecia ter esperado, observei a mudança na forma das pegadas depois desse ponto, notei que não havia outras pegadas, salvo as de Barrymore no cascalho macio e, por fim, examinei cuidadosamente o corpo, que não tinha sido tocado até minha chegada. Sir Charles jazia de bruços, braços abertos, com os dedos enterrados no chão e suas feições convulsionadas a tal ponto, em decorrência de forte emoção, que dificilmente eu teria podido atestar a identidade dele. Certamente, não existia nenhum tipo de ferimento físico. Mas Barrymore deu uma declaração falsa no inquérito. Disse que não havia vestígios no chão, em volta do corpo. Ele não observou nenhum. Mas eu sim... um pouco distantes, mas recentes e nítidos."

– Pegadas?

– Pegadas.

– De homem ou de mulher?

O Dr. Mortimer olhou para nós de modo estranho, por um instante, e sua voz se tornou quase um sussurro quando respondeu.

– Senhor Holmes, eram pegadas de um gigantesco cão de caça!

Capítulo III

O problema

Confesso que a essas palavras senti um calafrio. Havia na voz do médico uma vibração que mostrava que ele próprio estava profundamente comovido com o que nos contava. Holmes se inclinou para a frente em sua agitação, e seus olhos tinham o brilho duro e seco que deles emanava quando estava vivamente interessado.

– O senhor viu isso?

– Tão claramente como vejo o senhor.

– E não disse nada?

– De que adiantaria?

– Como se explica que ninguém mais viu isso?

– As marcas estavam a uns 20 passos do corpo e ninguém lhes deu atenção. Não creio que eu me tivesse importado com elas, se não conhecesse essa lenda.

– Há muitos cães pastores no pântano?

– Sem dúvida, mas esse não era um cão pastor.

– Diz que era grande.

– Enorme.

– Mas ele não se havia aproximado do corpo?

– Não.

– E como estava a noite?

– Úmida e fria.

– Mas não estava realmente chovendo?

– Não.

– E como é a alameda?

– Há duas linhas de uma velha sebe de teixos, com mais de 3 metros de altura e impenetrável. O caminho central tem aproximadamente 2 metros e meio de largura.

– Há alguma coisa entre as sebes e o caminho?

– Sim, há uma faixa de grama, em cada lado, de quase 2 metros de largura.

– Segundo entendi, a sebe é interrompida num ponto por um portão.

– Sim, o pequeno portão que dá para o pântano.

– Há alguma outra abertura?

– Nenhuma.

– Desse modo, para chegar à alameda dos teixos é preciso vir descendo da casa ou entrar nela pelo portão do pântano?

– Há uma saída através de uma casa de verão no final dela.

– Sir Charles tinha chegado até lá?

– Não; jazia a uns 50 metros dela.

– Agora, diga-me, Dr. Mortimer – e isso é importante – as marcas que o senhor viu estavam no caminho e não na grama?

– Não havia marcas de qualquer tipo na grama.

– Elas estavam do mesmo lado no caminho do portão do pântano?

– Sim; estavam na beirada do caminho, no mesmo lado do portão do pântano.

– O senhor me deixa extremamente interessado. Outro ponto. O pequeno portão estava fechado?

– Fechado e trancado com cadeado.

– Que altura tem esse portão?

– Pouco mais de 1 metro.

– Então qualquer um poderia passar por cima dele?

– Sim.

– E que marcas viu junto do pequeno portão?

– Nenhuma em particular.

– Deus do céu! Ninguém examinou?

– Sim, eu mesmo examinei.

– E não encontrou nada?

– Estava tudo muito confuso. Sir Charles evidentemente havia ficado ali por cinco ou dez minutos.

– Como sabe disso?

– Porque a cinza tinha caído duas vezes do charuto dele.

– Excelente! Este é um colega, Watson, como haveríamos de desejar. Mas as marcas?

– Ele havia deixado suas próprias marcas sobre todo aquele pequeno trecho de cascalho; não pude discernir outras.

Sherlock Holmes bateu com a mão no joelho, num gesto de impaciência.

– Se pelo menos eu tivesse estado lá! – exclamou ele. – É evidentemente um caso de extraordinário interesse e que apresenta imensas oportunidades ao perito científico. Aquela página de cascalho em que eu teria podido ler tanta coisa ficou logo borrada pela chuva e desfigurada pelos tamancos de camponeses curiosos. Oh! Dr. Mortimer, Dr. Mortimer, pensar que não me tenha chamado! Na verdade, o senhor tem que responder por muita coisa.

– Eu não poderia chamá-lo, senhor Holmes, sem revelar esses fatos para o mundo e já dei minhas razões para não desejar fazê-lo. Além disso, além disso...

– Por que hesita?

– Há um campo em que o mais arguto e experiente dos detetives é impotente.

– Quer dizer que a coisa é sobrenatural?

– Não disse isso categoricamente.

– Não, mas evidentemente assim pensa.

– Desde a tragédia, senhor Holmes, chegaram a meus ouvidos vários incidentes que são difíceis de conciliar com a ordem estabelecida da natureza.

– Por exemplo?

– Acho que, antes que ocorresse o terrível evento, várias pessoas tinham visto no pântano uma criatura que corresponde a esse demônio de Baskerville e que, possivelmente, não poderia ser qualquer animal conhecido pela ciência. Todas elas concordaram que era uma criatura enorme, luminosa, horripilante e espectral. Interroguei esses homens; um deles, um camponês sisudo; outro, um ferrador e outro, um fazendeiro de terras pantanosas; e todos contam a mesma história dessa horrenda aparição, correspondendo exatamente ao cão infernal da lenda. Eu lhe asseguro que o distrito vive sob o domínio do terror e que deve ser um homem realmente audacioso aquele que ousa atravessar o pântano à noite.

– E o senhor, um experiente homem de ciência, acredita que isso é sobrenatural?

– Não sei em que acreditar.

Holmes deu de ombros.

– Até agora limitei minhas investigações a este mundo – disse ele. – De uma forma modesta, combati o mal, mas enfrentar o próprio pai do mal seria, talvez, uma tarefa por demais ambiciosa. Assim mesmo, o senhor deve admitir que a pegada é material.

– O cão original era bastante material para arrancar a garganta de um homem e, no entanto, era igualmente diabólico.

– Vejo que o senhor passou totalmente para o lado dos sobrenaturalistas. Mas agora, Dr. Mortimer, me diga uma coisa. Se sustenta essas ideias, por que veio, afinal de contas, me consultar? No mesmo momento, o senhor me diz que é inútil investigar a morte de Sir Charles e que deseja que eu o faça.

– Não disse que desejava que o fizesse.

– Mas então como posso prestar-lhe ajuda?

– Aconselhando-me sobre o que eu poderia fazer com Sir Henry Baskerville, que está para chegar na Waterloo Station... – o Dr. Mortimer consultou o relógio... – exatamente daqui a uma hora e um quarto.

– Ele é o herdeiro?

– Sim. Com a morte de Sir Charles, tentamos localizar esse jovem cavalheiro e descobrimos que era fazendeiro no Canadá. Pelos relatos que nos chegaram, é um excelente sujeito sob todos os aspectos. Falo agora não como médico, mas como fiduciário e executor do testamento de Sir Charles.

– Não há nenhum outro pretendente, presumo.

– Nenhum. O único outro parente que conseguimos descobrir foi Rodger Baskerville, o mais novo dos três irmãos, dos quais o pobre Sir Charles era o mais velho. O segundo irmão, que morreu jovem, é o pai desse rapaz chamado Henry. O terceiro, Rodger, era a ovelha negra da família. Pertencia à velha cepa arrogante dos Baskervilles e era a própria imagem, segundo me contam, do retrato de família do velho Hugo. Transformou sua vida num inferno na Inglaterra, fugiu para a América Central e lá morreu em 1876, de febre amarela. Henry é o último dos Baskervilles. Dentro de uma hora e cinco minutos vou encontrá-lo na Waterloo Station. Recebi um telegrama dizendo que chegou a Southampton esta manhã. Agora, senhor Holmes, o que me aconselharia a fazer com ele?

– Por que não deveria ir para o lar dos ancestrais dele?

– Parece natural, não é? E, no entanto, considere que cada Baskerville que vai para lá encontra um destino fatal. Tenho certeza de que, se Sir Charles tivesse podido falar comigo antes de morrer, me teria advertido a não levar esse jovem, o último remanescente da velha raça e o herdeiro de grande fortuna, para aquele lugar temível. Ainda assim, não se pode negar que a prosperidade de toda aquela pobre e desolada região depende da presença dele. Todo o bom trabalho que tem sido feito por Sir Charles vai cair por terra, se não houver nenhum morador na mansão. Tenho receio de que eu estaria demasiadamente influenciado por meu óbvio interesse pessoal no assunto; é por isso que vim aqui lhe apresentar o caso e pedir seu conselho.

Holmes ficou refletindo por alguns momentos.

– Falando claramente, a questão é esta – disse ele. – Em sua opinião há uma força diabólica que faz de Dartmoor uma residência insegura para um Baskerville. É essa sua opinião?

– Pelo menos, eu chegaria a dizer que há alguns indícios de que pode ser assim.

– Exatamente. Mas com certeza, se sua teoria sobrenatural for correta, poderia causar dano ao jovem em Londres tão facilmente como em Devonshire. Um demônio com poderes meramente locais, como um conselho paroquial, seria algo totalmente inconcebível.

– O senhor coloca a questão da forma mais irreverente, senhor Holmes, do que provavelmente o faria, se entrasse em contato pessoal com essas coisas. Seu conselho, então, pelo que entendo, é que o jovem vai estar tão seguro em Devonshire como em Londres. Ele chega em 50 minutos. O que recomendaria?

– Recomendo, senhor, que tome uma carruagem, chame seu spaniel que está arranhando minha porta da frente e siga até Waterloo para encontrar Sir Henry Baskerville.

– E depois?

– E depois o senhor não vai lhe dizer absolutamente nada até que eu tenha tomado uma decisão sobre o assunto.

– Quanto tempo vai levar para tomar uma decisão?

– Vinte e quatro horas. Amanhã às 10 horas, Dr. Mortimer, eu lhe ficarei muito grato se vier ter comigo aqui; e vai ser útil para meus planos para o futuro, se trouxer também Sir Henry Baskerville.

– Farei isso, senhor Holmes.

Ele rabiscou a hora marcada no punho da camisa e saiu depressa a seu modo estranho, perscrutador e distraído. Holmes o deteve no topo da escada.

– Só mais uma pergunta, Dr. Mortimer. O senhor diz que, antes da morte de Sir Charles Baskerville, várias pessoas tinham visto essa aparição no pântano?

– Três pessoas a tinham visto.

– Alguma delas a viu depois?

– Não ouvi falar de nenhuma.

– Muito obrigado. Bom-dia.

Holmes voltou para sua poltrona com aquele olhar sereno de satisfação íntima, que significava que tinha uma tarefa bem adequada diante de si.

– Vai sair, Watson?

– A menos que possa ajudá-lo.

– Não, meu caro amigo, é na hora da ação que recorro a você para ajuda. Mas isso é esplêndido, realmente inigualável sob certos pontos de vista. Quando passar por Bradley, poderia lhe pedir que me envie uma libra do fumo mais forte para cachimbo? Obrigado. Seria muito bom também, se lhe for conveniente, que não retornasse antes da noite. Então gostaria muito de trocar impressões sobre esse problema deveras interessante que nos foi apresentado esta manhã.

Eu sabia que isolamento e solidão eram realmente necessários para meu amigo nessas horas de intensa concentração mental, durante as quais sopesava cada parcela de indícios, construía teorias alternativas, comparava umas com as outras e decidia quais eram os pontos essenciais e quais os irrelevantes. Passei, portanto, o dia em meu clube e não retornei à Baker Street antes da noite. Eram quase 9 horas quando me vi, uma vez mais, na sala de estar.

Minha primeira impressão, ao abrir a porta, foi que um incêndio havia irrompido, pois a sala estava de tal modo repleta de fumaça que a luz da lâmpada sobre a mesa era obscurecida por ela. Quando entrei, no entanto, meus temores se aquietaram, pois foram as emanações acres do fumo forte e rústico que me atacaram a garganta e me deixaram tossindo. Através da névoa tive uma vaga visão de Holmes em seu roupão, enrolado numa poltrona, com seu cachimbo preto de argila nos lábios. Vários rolos de papel estavam esparramados ao redor dele.

– Apanhou um resfriado, Watson? – perguntou ele.

– Não, é esta atmosfera venenosa.

– Suponho que está bastante densa, agora que você menciona isso.

– Densa! Está intolerável.

– Abra a janela, então! Percebo que passou o dia todo em seu clube.

– Meu caro Holmes!

– Estou certo?

– Claro, mas como?

Ele riu de minha expressão confusa.

–Há uma deliciosa inexperiência em você, Watson, que torna um prazer exercer quaisquer pequenos poderes que eu possua à sua custa. Um cavalheiro sai num dia chuvoso e lamacento. Volta imaculado à noite, com o mesmo brilho ainda em seu chapéu e em suas botas. Passou, portanto, o dia todo parado no mesmo lugar. Não é homem que tenha amigos íntimos. Onde, então, poderia ter estado? Não é óbvio?

– Bem, é bastante óbvio.

– O mundo está cheio de coisas óbvias, que ninguém jamais observa. Onde você pensa que eu estive?

– Num mesmo lugar também.

– Pelo contrário, estive em Devonshire.

– Em espírito?

– Exatamente. Meu corpo permaneceu aqui nesta poltrona e, lamento observar, consumiu em minha ausência dois grandes bules de café e uma incrível quantidade de tabaco. Depois que você saiu, mandei buscar no Stamford's o mapa do estado-maior dessa porção do pântano, e meu espírito pairou sobre ele o dia inteiro. Posso me orgulhar de que pude encontrar o que pretendia.

– Presumo que era um mapa de grande escala.

– Muito grande.

Ele desenrolou uma parte dele e a apoiou sobre os joelhos.

– Aqui você tem o distrito específico que nos interessa. Essa, no meio, é a mansão Baskerville.

– Com um bosque em torno dela?

– Exatamente. Imagino que a alameda dos teixos, embora não esteja marcada sob esse nome, deve se estender ao longo dessa linha, com o pântano, como pode perceber, à direita dela. Esse pequeno agrupamento de casas aqui é a aldeia de Grimpen, onde nosso amigo Dr. Mortimer tem seu quartel-general. Num raio de 5 milhas há, como pode ver, somente algumas moradias dispersas. Aqui está a mansão Lafter, que foi mencionada na narrativa. Há uma casa indicada aqui, que pode ser a residência do naturalista... Stapleton é o nome dele, se bem me lembro. Aqui estão duas casas de fazenda nas terras do pântano, High Tor e Foulmire. Depois, a 14 milhas de distância, o grande presídio de Princetown. Entre esses pontos esparsos e em torno deles se estende o pântano desolado e sem vida. Esse, então, é o palco em que a tragédia foi encenada e no qual podemos ajudar a encená-la novamente.

– Deve ser um lugar selvagem.

– Sim, o cenário é ideal. Se o demônio desejasse pôr as mãos nos negócios dos homens...

– Então você mesmo está inclinado a acatar uma explicação sobrenatural.

– Os agentes do demônio podem ser de carne e osso, não podem? Há duas perguntas esperando por nós, de saída. A primeira é se algum crime, afinal de contas, foi cometido; a segunda é: qual é o crime e como foi cometido? É claro que, se a suposição do Dr.

Mortimer for correta e estivermos lidando com forças que fogem das leis comuns da natureza, nossa investigação termina por aí mesmo. Mas temos obrigação de esgotar todas as outras hipóteses antes de nos debruçarmos sobre essa. Acho que vamos fechar aquela janela de novo, se você não se importa. É uma coisa singular, mas acho que uma atmosfera concentrada ajuda na concentração do pensamento. Ainda não cheguei ao ponto de me enfiar numa caixa para pensar, mas esse é o resultado lógico de minhas convicções. Tentou rever o caso em sua mente?

– Sim, pensei muito nele ao longo do dia.

– Que acha dele?

– É bem desconcertante.

– Tem certamente uma característica toda peculiar. Há pontos que desorientam. Aquela mudança de pegadas, por exemplo. Que pensa disso?

– Mortimer disse que o homem havia andado na ponta dos pés naquele trecho da alameda.

– Ele só repetiu o que algum tolo disse no inquérito. Por que um homem haveria de andar na ponta dos pés por uma alameda?

– O que foi então?

– Ele estava correndo, Watson... correndo desesperadamente, correndo para a própria vida, correndo até explodir seu coração... e caiu morto, de bruços.

– Correndo do quê?

– Aí está nosso problema. Há indicações de que o homem ficou louco de medo antes mesmo de começar a correr.

– Como pode dizer isso?

– Estou presumindo que a causa do medo dele vinha do pântano. Se foi assim, e isso parece extremamente provável, somente um homem que tivesse perdido o juízo teria corrido para longe da casa, em vez de correr em direção a ela. Se o depoimento do cigano pode ser tomado como verdadeiro, ele correu gritando por socorro na direção em que o socorro tinha menos probabilidade de estar. E, mais ainda, quem ele esperava naquela noite e por que esperava essa pessoa na alameda dos teixos e não em sua própria casa?

– Você acha que ele estava esperando por alguém?

– O homem era idoso e enfermo. Podemos compreender que desse uma caminhada noturna, mas o terreno estava úmido e a noite, inclemente. É natural que tivesse parado por cinco ou dez minutos, como o Dr. Mortimer deduziu, com mais senso prático do que eu lhe teria atribuído, pelas cinzas do charuto?

– Mas ele saía todas as noites.

– Acho improvável que esperasse no portão do pântano todas as noites. Pelo contrário, os indícios são de que evitava o pântano. Naquela noite esperou ali. Era a noite anterior à partida dele para Londres. A coisa toma forma, Watson. Torna-se coerente. Eu lhe pediria que me alcançasse o violino e vamos adiar toda e qualquer reflexão sobre esse assunto até que tenhamos o privilégio de nos encontrarmos com o Dr. Mortimer e com Sir Henry Baskerville pela manhã.

Capítulo IV

Sir Henry Baskerville

A mesa de nosso café da manhã foi tirada cedo, e Holmes esperou de roupão pela entrevista prometida. Nossos clientes chegaram pontualmente ao encontro, pois o relógio mal tinha batido 10 horas quando o Dr. Mortimer entrou, acompanhado pelo jovem baronete. Este último era um homem baixo, alerta, de olhos escuros e com cerca de 30 anos, de constituição bem robusta, grossas sobrancelhas pretas e um rosto forte, combativo. Trajava um terno de cor avermelhada e tinha a aparência castigada pelo tempo, de quem passou a maior parte da vida ao ar livre; ainda assim, havia algo em seu olhar firme e na serena segurança de seu porte que indicavam um cavalheiro.

– Este é Sir Henry Baskerville – disse o Dr. Mortimer.

– Ora, sim – disse ele –, e o estranho é que, senhor Sherlock Holmes, se meu amigo aqui não tivesse proposto virmos vê-lo esta manhã, eu teria vindo por minha própria conta. Pelo que sei, o senhor desvenda pequenos enigmas e me deparei com um esta manhã, que requer mais reflexão do que sou capaz de lhe dedicar.

– Por favor, sente-se, Sir Henry. Está me dizendo que o senhor mesmo teve uma experiência extraordinária depois que chegou a Londres?

– Nada de grande importância, senhor Holmes. Só uma brincadeira, nada mais que isso. Foi esta carta, se puder chamá-la assim, que me chegou esta manhã.

Pôs um envelope sobre a mesa e todos nos debruçamos sobre ele. Era de qualidade comum, cinzento. O endereço, "Sir Henry Baskerville, Northumberland Hotel", estava escrito em letras toscas; o carimbo dizia "Charing Cross", e a data da postagem era da noite anterior.

– Quem sabia que o senhor ia para o Northumberland Hotel? – perguntou Holmes, olhando de modo incisivo para nosso visitante.

– Ninguém poderia saber. Só decidimos depois que me encontrei com o Dr. Mortimer.

– Mas o Dr. Mortimer, sem dúvida, já estava hospedado ali.

– Não, eu estivera hospedado ali com um amigo – disse o médico.

– Não havia indicação possível de que pretendíamos ir para esse hotel.

– Hum! Alguém parece estar profundamente interessado em seus movimentos.

Tirou do envelope meia folha de papel almaço dobrada em quatro. Abriu-a e a estendeu sobre a mesa. Na metade dela uma única frase havia sido formada com palavras impressas recortadas e coladas no papel. Dizia:

Se o senhor der valor à sua vida ou à sua razão, mantenha-se longe do pântano.

Somente a palavra "pântano" estava escrita a tinta.

– Agora – disse Sir Henry Baskerville –, talvez consiga me dizer, senhor Holmes, que raios significa isto e quem é que tem tanto interesse em meus negócios?

– O que pensa a respeito disso, Dr. Mortimer? Deve admitir, de qualquer modo, que não há nada de sobrenatural nisso.

– Não, senhor, mas poderia muito bem vir de alguém que estivesse convencido de que o caso é sobrenatural.

– Que caso? – perguntou Sir Henry, incisivamente. – Parece-me que os senhores todos sabem muito mais do que eu sobre meus próprios negócios.

– O senhor vai ficar sabendo de tudo antes de deixar esta sala, Sir Henry. Eu lhe prometo – disse Sherlock Holmes. – Por ora, vamos nos limitar, com sua permissão, a este documento deveras interessante, que deve ter sido elaborado e postado ontem à noite. Tem o *Times* de ontem, Watson?

– Está aqui no canto.

– Poderia lhe pedir que me desse... a página interna, com os editoriais? – Ele correu os olhos rapidamente por ela, olhando para cima e para baixo as colunas. – Excelente esse artigo sobre livre-comércio. Permitam-me que lhes leia um trecho dele.

"Os senhores podem ser induzidos a pensar que seu comércio especial ou sua própria indústria poderão ser estimulados por uma tarifa protecionista, mas é evidente que essa legislação poderá, a longo prazo, manter a riqueza longe da nação, diminuir o valor de nossas importações e rebaixar as condições gerais de vida nesta ilha."

– O que pensa disso, Watson? – exclamou Holmes, com toda a alegria, esfregando as mãos de satisfação. – Não lhes parece um ponto de vista admirável?

O Dr. Mortimer olhou para Holmes com um ar de interesse profissional, e Sir Henry Baskerville virou para mim um par de perplexos olhos escuros.

– Não entendo muito sobre tarifas e coisas desse gênero – disse ele –, mas me parece que estamos um pouco fora do caminho no que se relaciona com essa nota.

– Pelo contrário, acho que estamos numa pista particularmente interessante, Sir Henry. Nesse ponto, Watson conhece mais de meus métodos que o senhor, mas temo que até ele não captou inteiramente o significado dessa frase.

– Não, confesso que não vejo nenhuma ligação.

– Ainda assim, meu caro Watson, há uma ligação tão estreita que uma é extraída da outra. 'O senhor', 'sua', 'vida', 'valor', 'mantenha-se longe', 'do'. Não conseguem ver agora de onde essas palavras foram tiradas?

– Raios me partam! O senhor tem razão! Bem, mas que esperteza! – exclamou Sir Henry.

– Se ainda restasse alguma dúvida, seria desfeita pelo fato de que "mantenha-se longe" e "do" estão cortados num só pedaço.

– Bem, agora... é isso mesmo!

– Realmente, senhor Holmes, isso supera tudo o que eu poderia ter imaginado – disse o Dr. Mortimer, fitando meu amigo com espanto. – Até entenderia que qualquer um pudesse dizer que as palavras foram tiradas de um jornal; mas que o senhor pudesse dizer de qual jornal e acrescentar que vieram do editorial, é realmente uma das coisas mais notáveis que já vi. Como pôde fazer isso?

– Presumo, doutor, que o senhor poderia distinguir o crânio de um negro daquele de um esquimó.

– Com toda a certeza.

– Mas como?

– Porque esse é meu hobby especial. As diferenças são óbvias. A crista supraorbital, o ângulo facial, a curva maxilar, o...

– Pois esse é meu hobby especial e as diferenças são igualmente óbvias. A meu ver, há tanta diferença entre o tipo de impressão de um editorial do *Times* e o da impressão desleixada de um jornal vespertino de meio penny como poderia haver entre seu negro e seu esquimó. A detecção de tipos gráficos é um dos mais elementares ramos de conhecimento para o perito especializado em crime, embora eu confesse que, uma vez, quando era muito jovem, confundi o *Leeds Mercury* com o *Western Morning News*. Mas um editorial do *Times* é especialmente típico, e essas palavras não poderiam ter sido tiradas de nenhum outro lugar. Como a frase foi montada ontem, havia grande probabilidade de encontrarmos as palavras na edição de ontem.

– Até onde consigo acompanhá-lo, senhor Holmes – disse Sir Henry Baskerville –, alguém recortou essa mensagem com uma tesoura...

– Tesoura de unha – disse Holmes. – Pode-se ver que era uma tesoura de lâminas muito curtas, uma vez que o cortador teve de dar dois cortes sucessivos acima da expressão "mantenha-se longe".

– Precisamente. Alguém, então, cortou a mensagem com uma tesoura de lâminas curtas, afixou-a com cola...

– Goma – disse Holmes.

– Com goma no papel. Mas gostaria de saber por que a palavra "pântano" teria sido escrita?

– Porque ele não conseguiu encontrá-la impressa. As outras palavras eram todas simples e poderiam ser encontradas em qualquer edição do jornal, mas "pântano" seria menos comum.

– Ora, é claro que isso explica. Percebeu mais alguma coisa nessa mensagem, senhor Holmes?

– Há uma ou duas indicações e, ainda assim, os maiores esforços têm sido feitos para remover todas as pistas. O endereço, como podem observar, está escrito em letras toscas. Mas o *Times* é um jornal que, raramente, é encontrado nas mãos de qualquer um, a não ser nas de pessoas com instrução superior. Podemos supor, portanto, que a carta foi composta por um homem instruído que desejava se fazer passar por inculto, e seu esforço para disfarçar a própria letra sugere que essa letra poderia ser conhecida ou vir a ser reconhecida pelo senhor. Além disso, pode observar que as palavras não estão coladas em linha acurada, mas algumas estão mais altas que as outras. "Vida", por exemplo, está inteiramente fora do devido lugar. Isso pode indicar descuido ou pode indicar agitação e pressa por parte do compilador. No geral, me inclino por essa segunda hipótese, visto que o assunto era evidentemente importante, e é improvável que o autor de semelhante carta fosse descuidado. Se ele estava com pressa, isso abre uma interessante questão: por que estaria com pressa, uma vez que qualquer carta postada até de manhã cedo chegaria a Sir Henry antes que ele deixasse seu hotel? Será que o remetente temia ser interrompido... e por parte de quem?

– Estamos entrando agora no campo das conjeturas – disse o Dr. Mortimer.

– Diga, antes, no campo em que comparamos probabilidades e escolhemos as mais plausíveis. Trata-se do uso científico da imaginação, mas temos sempre uma base material em que fundamentar nossas especulações. Ora, os senhores haveriam de chamar isso de conjetura, sem dúvida, mas estou quase certo de que esse endereço foi escrito num hotel.

– Como pode chegar a dizer uma coisa dessas?

– Se o examinar cuidadosamente, vai ver que tanto a caneta como a tinta criaram dificuldades para quem escrevia. A caneta respingou duas vezes numa única palavra e ficou seca três vezes durante o ato de escrever um breve endereço, mostrando que havia bem pouca tinta no tinteiro. Ora, uma caneta e um tinteiro particulares dificilmente seriam deixados nessa situação, e a combinação das duas coisas deve ser muito rara. Mas os senhores conhecem a tinta e a caneta dos hotéis, onde é raro conseguir coisa melhor. Sim, hesito bem pouco ao dizer que, se pudéssemos examinar os cestos de lixo dos hotéis em torno de Charing Cross até encontrar os restos do editorial mutilado do *Times*, poderíamos pôr as mãos diretamente sobre a pessoa que enviou essa mensagem singular. Opa! Opa! O que é isso?

Ele estava examinando cuidadosamente a folha de papel almaço, sobre a qual as palavras estavam coladas, segurando-a a apenas uma ou duas polegadas dos olhos.

– E então?

– Nada – disse ele, largando-o sobre a mesa. – É meia folha de papel em branco, sem mesmo qualquer marca-d'água. Acho que já extraímos tudo o que podemos dessa curiosa carta; e agora, Sir Henry, mais alguma coisa de interesse lhe aconteceu desde que chegou a Londres?

– Ora, não, senhor Holmes. Acho que não.

– Não observou ninguém segui-lo ou vigiá-lo?

– Parece até que caí numa armadilha inocentemente – disse nosso visitante. – Por que diabos alguém iria me seguir ou me vigiar?

– Estamos chegando a isso. Não tem mais nada para nos relatar antes de entrarmos nessa questão?

– Bem, depende do que julga digno de ser relatado.

– Acredito que qualquer coisa que escape à rotina ordinária da vida merece ser relatada.

Sir Henry sorriu.

– Ainda não conheço muito da vida britânica, pois passei quase toda a minha vida nos Estados Unidos e no Canadá. Mas acho que perder uma das botas não é parte da rotina ordinária da vida por aqui.

– Perdeu uma de suas botas?

– Meu caro senhor – exclamou o Dr. Mortimer –, só foi extraviada. Vai encontrá-la quando voltar ao hotel. Para que incomodar o senhor Holmes com ninharias desse tipo?

– Bem, ele me perguntou por qualquer coisa fora da rotina ordinária.

– Exatamente – disse Holmes –, por mais tolo que o incidente possa parecer. Perdeu uma de suas botas, o senhor disse?

– Bem, de qualquer modo, foi extraviada. Coloquei as duas do lado de fora de minha porta ontem à noite e, pela manhã, só havia uma. Não consegui arrancar informação alguma do rapaz que as limpa. O pior é que eu havia comprado o par ontem à noite mesmo, no Strand, e nunca cheguei a usá-lo.

– Se nunca o usou, por que o deixou do lado de fora para ser limpo?

– Eram botas de couro e nunca haviam sido lustradas. Foi por isso que as coloquei do lado de fora.

– Então, segundo entendo, ontem, depois de sua chegada a Londres, o senhor saiu imediatamente e comprou um par de botas?

– Fiz muitas compras. O Dr. Mortimer me acompanhou o tempo todo. Sabe, se devo ser um fidalgo por lá, preciso me vestir de acordo, e talvez eu tenha ficado um pouco desleixado em meus hábitos no Oeste. Entre outras coisas, comprei essas botas marrom... Paguei 6 dólares por elas... e tive uma delas roubada antes mesmo de calçá-las.

– Parece uma coisa singularmente inútil para se roubar – disse Sherlock Holmes. – Confesso que compartilho com a crença do Dr. Mortimer de que a bota desaparecida será encontrada dentro de pouco tempo.

– E agora, cavalheiros – disse o baronete, com decisão –, parece-me que já falei mais que o suficiente sobre o pouco que sei. Chegou a hora de o senhor honrar sua promessa e de me fazer um relato completo daquilo a que estamos todos aludindo.

– Seu pedido é bem razoável – respondeu Holmes. – Dr. Mortimer, acho que o melhor que poderia fazer seria contar sua história como a contou para nós.

Assim encorajado, nosso sistemático amigo tirou seus papéis do bolso e apresentou todo o caso como o havia feito na manhã anterior. Sir Henry Baskerville ouviu com a mais profunda atenção e com algumas ocasionais exclamações de surpresa.

– Bem, parece que entrei na posse de uma herança com uma vingança – disse ele, quando a longa narrativa terminou. – Claro que ouvi falar do cão desde criança. É a história predileta da família, embora eu nunca tivesse pensado em levá-la a sério antes. Mas quanto à morte de meu tio... bem, tudo parece estar em ebulição em minha cabeça e ainda não consigo ver isso com clareza. Parece que os senhores ainda não se decidiram realmente se é um caso de polícia ou de um clérigo.

– Precisamente.

– E agora há essa questão da carta para mim, no hotel. Suponho que isso se encaixe no todo.

– Parece mostrar que alguém sabe mais do que nós sobre o que está acontecendo no pântano – disse o Dr. Mortimer.

– E também – disse Holmes – que alguém não está mal-intencionado em relação ao senhor, pois o adverte sobre perigo.

– Ou, talvez, que alguém deseje, por motivos próprios, me assustar.

– Bem, é claro, isso é igualmente possível. Sou-lhe muito grato, Dr. Mortimer,

por me informar de um problema que apresenta várias alternativas interessantes. Mas o ponto prático que temos de decidir agora, Sir Henry, é se é ou não aconselhável que vá para a mansão Baskerville.

– Por que não deveria ir?

– Parece haver perigo.

– Quer se referir a perigo causado por esse demônio da família ou se refere a perigo causado por seres humanos?

– Bem, isso é o que temos de descobrir.

– Seja o que for, minha resposta está definida. Não há demônio no inferno, senhor Holmes, e não há homem na terra que possa me impedir de ir para o lar de minha própria gente; e pode tomar isso como minha resposta final.

Suas sobrancelhas escuras se franziram e seu rosto se cobriu de um vermelho-escuro enquanto falava. Era evidente que o temperamento impetuoso dos Baskervilles não estava extinto nesse último representante deles.

– Nesse meio tempo – continuou ele –, mal tive tempo de pensar em tudo o que me contaram. É muita coisa para alguém compreender e decidir de imediato. Gostaria de ter uma hora tranquila comigo mesmo para refletir. Veja, senhor Holmes, agora são 11 e meia e vou voltar direto para meu hotel. Seria deveras interessante se o senhor e seu amigo, Dr. Watson, fossem almoçar conosco às 2 horas. Então serei capaz de lhes dizer mais claramente o que penso de tudo isso.

– Isso é conveniente para você, Watson?

– Perfeitamente.

– Então pode nos esperar. Posso chamar uma carruagem?

– Preferiria caminhar, pois esse assunto me deixou bastante alvoroçado.

– Eu o acompanharei na caminhada, com prazer – disse o companheiro dele.

– Então voltaremos a nos encontrar às 2 horas. Até logo e bom-dia!

Ouvimos os passos de nossos visitantes descendo a escada e a batida da porta da frente. Num instante, Holmes se havia transformado do lânguido sonhador ao homem de ação.

– Seu chapéu e botas, Watson, rápido! Não há um momento a perder! Correu para o quarto de roupão e, em poucos segundos, estava de volta numa sobrecasaca. Corremos juntos escadas abaixo e para a rua. O Dr. Mortimer e Baskerville ainda podiam ser vistos a uns duzentos passos à frente, na direção da Oxford Street.

– Devo correr e detê-los?

– Por nada neste mundo, meu caro Watson. Estou perfeitamente satisfeito com sua companhia, se puder tolerar a minha. Nossos amigos são sábios, pois certamente é uma linda manhã para uma caminhada.

Ele apertou o passo até reduzirmos em cerca de metade a distância que nos separava deles. Depois, ainda mantendo-nos cem passos atrás, rumamos pela Oxford

Street e, a seguir, descemos a Regent Street. Nossos amigos pararam uma vez e ficaram olhando uma vitrine; diante disso, Holmes fez o mesmo. Um instante depois, ele soltou um breve grito de satisfação e, seguindo a direção de seus olhos ansiosos, vi uma charrete com capota, com um homem acomodado dentro dela, e que havia parado do outro lado da rua; mas agora passava a avançar lentamente de novo.

– Lá está nosso homem, Watson! Venha! Vamos dar uma boa olhada nele, se não pudermos fazer mais nada.

Nesse instante, percebi uma vasta barba preta e um par de olhos penetrantes voltados para nós através da janela lateral da charrete. Imediatamente a portinhola do teto se levantou, algo foi gritado para o cocheiro, e a charrete partiu em louca disparada pela Regent Street. Holmes olhou ansiosamente em volta à procura de outra, mas não havia nenhuma livre à vista. Então ele se lançou numa desenfreada perseguição no meio do fluxo do tráfego, mas a dianteira era muito grande e a charrete já estava fora de vista.

– Mais essa! – disse Holmes amargamente, ao emergir ofegante e branco de irritação com a maré de veículos. – Já se viu tanta falta de sorte e tanta inabilidade também? Watson, Watson, se você for um homem honesto, irá registrar também isso e confrontá-lo com meus sucessos!

– Quem era o homem?

– Não faço a menor ideia.

– Um espião?

– Bem, é evidente, pelo que ouvimos, que Baskerville foi seguido bem de perto por alguém desde sua chegada à cidade. De que outra maneira se teria podido saber tão rapidamente que era o Northumberland Hotel que ele havia escolhido? Se o haviam seguido no primeiro dia, raciocinei que o haveriam de seguir também no segundo. Talvez você tenha observado que caminhei duas vezes por perto da janela enquanto o Dr. Mortimer lia a lenda.

– Sim, lembro.

– Estava procurando desocupados na rua, mas não vi nenhum. Estamos lidando com um homem inteligente, Watson. Este é um caso muito complexo e, embora eu ainda não me tenha convencido totalmente se é uma força benévola ou malévola que está em contato conosco, a consciência me diz continuamente que há poder e trama por trás disso. Quando nossos amigos saíram, eu os segui imediatamente, na esperança de descobrir o invisível acompanhante deles. Ele foi tão astuto que não se arriscou a segui-los a pé, mas se valeu de uma charrete de aluguel, de modo que pudesse andar lentamente atrás deles ou ultrapassá-los, evitando, assim, que o percebessem. O método dele tinha a vantagem adicional de deixá-lo pronto para segui-los, se eles tomassem uma carruagem. Tinha, no entanto, uma óbvia desvantagem.

– Ficava em poder do cocheiro.

– Exatamente.

– Que pena que não conseguimos anotar o número!

– Meu caro Watson, por mais desajeitado que eu tenha sido, você, com certeza, não imagina seriamente que deixei de anotar o número. Nº 2704 é nosso homem. Mas, no momento, isso não nos serve de nada.

– Não consigo ver que mais você poderia ter feito.

– Ao observar a charrete, eu deveria ter me voltado instantaneamente e caminhado na direção oposta. Então, teria tido tempo para alugar outra carruagem e seguir a primeira a uma respeitável distância ou, melhor ainda, para seguir até o Northumberland Hotel e esperar por lá. Depois que nosso desconhecido tivesse seguido Baskerville até o hotel, nós teríamos tido a oportunidade de jogar o jogo dele contra ele próprio e ver para onde iria. Do jeito que foi, por uma ansiedade indiscreta, de que nosso adversário soube tirar proveito com extraordinária rapidez e energia, nós nos traímos e perdemos nosso homem.

Vínhamos passeando vagarosamente pela Regent Street durante essa conversa, e o Dr. Mortimer, com seu companheiro, havia desaparecido havia muito tempo à nossa frente.

– De nada serve segui-los – disse Holmes. – A sombra se afastou e não vai retornar. Devemos ver que outras cartas temos nas mãos e jogá-las com determinação. Você seria capaz de jurar que viu o rosto daquele homem na charrete?

– Eu só poderia jurar pela barba.

– E eu também... A partir disso concluo que, com toda a probabilidade, era falsa. Um homem esperto numa missão tão delicada não precisa de barba para nada, a não ser para esconder suas feições. Venha cá, Watson!

Entrou numa das agências de mensageiros do distrito, onde foi calorosamente saudado pelo gerente.

– Ah! Wilson, vejo que não se esqueceu do pequeno caso em que tive a boa sorte de ajudá-lo.

– Não, senhor, realmente não me esqueci. Salvou meu bom nome e talvez minha vida.

– Meu caro amigo, não precisa exagerar. Lembro-me vagamente, Wilson, de que você tinha entre seus meninos um rapaz chamado Cartwright, que mostrou alguma habilidade durante a investigação.

– Sim, senhor, ele ainda está conosco.

– Poderia chamá-lo?... Muito obrigado! E eu gostaria de trocar esta nota de 5 libras.

Um rapaz de 14 anos, com um semblante alegre e perspicaz, havia atendido ao chamado do gerente. Agora estava ali parado, olhando com grande reverência para o famoso detetive.

– Gostaria de ver o catálogo de hotéis – disse Holmes. – Obrigado! Agora, Cartwright, aqui estão os nomes de 23 hotéis, todos na vizinhança imediata de Charing Cross. Está vendo?

– Sim, senhor.

– Você vai visitar cada um deles sucessivamente.

– Sim, senhor.

– Vai começar em cada caso dando 1 xelim ao porteiro do lado de fora. Aqui estão 23 xelins.

– Sim, senhor.

– Você vai lhe dizer que quer ver a lata de lixo de ontem. Deverá dizer que um telegrama importante foi extraviado e que está procurando por ele. Compreende?

– Sim, senhor.

– Mas o que realmente procura é a página central do *Times* com alguns buracos recortados com tesoura. Aqui está um exemplar do *Times*. É esta página. Poderia reconhecê-la facilmente, não é?

– Sim, senhor.

– Em cada caso, o porteiro do lado de fora vai encaminhá-lo para o porteiro do saguão, a quem também vai dar 1 xelim. Aqui estão outros 23 xelins. Depois, você vai ser informado em possivelmente 20 dos 23 casos que o lixo do dia anterior foi queimado ou retirado. Nos três outros casos, vão lhe mostrar um monte de papéis e você vai procurar esta página do *Times* no meio dele. A possibilidade de encontrá-la é quase nula. Aqui tem mais 10 xelins para o caso de alguma emergência. Mande-me um relatório por telegrama para a Baker Street antes do anoitecer. E agora, Watson, só nos resta descobrir por telegrama a identidade do cocheiro nº 2704; e depois entraremos numa das galerias de quadros da Bond Street e passaremos ali o tempo até a hora de ir para o hotel.

Capítulo V

Três fios partidos

Sherlock Holmes possuía, em grau notável, a capacidade de desligar sua mente à vontade. Por duas horas, o estranho caso em que havíamos sido envolvidos parecia ter sido esquecido, e ele ficou inteiramente absorto nas pinturas dos mestres belgas modernos. Não falava de outra coisa senão de arte, sobre a qual tinha as ideias mais descabidas, desde que deixamos a galeria até chegarmos ao Northumberland Hotel.

– Sir Henry Baskerville está no andar de cima à sua espera – disse o recepcionista. – Pediu-me para que os conduzisse até lá, tão logo chegassem.

– Tem alguma objeção para que eu possa olhar seu registro? – perguntou Holmes.

– Não, nenhuma.

O livro mostrava que dois nomes haviam sido acrescentados depois do de Baskerville. Um era Theophilus Johnson e família, de Newcastle; o outro, senhora Oldmore e criada, de High Lodge, Alton.

– Certamente, esse deve ser o mesmo Johnson que conheci – disse Holmes ao porteiro. – Um advogado, não é, de cabeça grisalha e que caminha mancando?

– Não, senhor, este é o senhor Johnson, dono de minas de carvão, um cavalheiro muito ativo, não mais velho que o senhor.

– Está realmente certo de que não se engana quanto à ocupação dele?

– Não, senhor! Ele frequenta este hotel há muitos anos e é por demais conhecido entre nós.

– Ah! Isso define tudo. A senhora Oldmore também; parece-me que recordo do nome. Desculpe minha curiosidade, mas muitas vezes ao visitar um amigo encontra-se outro.

– É uma senhora enferma, senhor. O marido dela foi, em outros tempos, prefeito de Gloucester. Ela sempre se hospeda aqui quando está na cidade.

– Muito obrigado; receio que não posso dizer que a conheço. Estabelecemos um fato da maior importância com essas perguntas, Watson – continuou ele, em voz baixa, enquanto subíamos juntos as escadas. – Agora sabemos que as pessoas que estão tão interessadas em nosso amigo não se hospedaram no mesmo hotel que ele. Isso significa que, embora estejam, como vimos, muito ansiosas por vigiá-lo, estão igualmente ansiosas por não serem vistas por ele. Ora, esse é um fato extremamente sugestivo.

– O que sugere?

– Sugere... ora, ora, meu caro amigo, o que está acontecendo?

Ao chegarmos perto do topo da escada, demos de frente com o próprio Sir Henry Baskerville. Com o rosto vermelho de raiva, segurava uma bota velha e empoeirada nas mãos. Estava tão furioso que mal conseguia articular as palavras; e, quando realmente conseguiu, foi num dialeto mais direto e típico do Oeste do que qualquer coisa que tínhamos ouvido dele pela manhã.

– Está me parecendo que estão me fazendo de idiota neste hotel – exclamou ele. – Logo vão ver que começaram a provocar o homem errado, a menos que tenham muito cuidado. Raios me partam, se esse rapaz não conseguir achar minha bota perdida, vai haver confusão. Posso aceitar uma brincadeira com a maior naturalidade, senhor Holmes, mas eles foram um pouco longe demais dessa vez.

– Ainda procurando pela bota?

– Sim, senhor, e pretendo encontrá-la.

– Mas, com toda a certeza, disse que era uma bota marrom nova?

– Era mesmo, senhor. E agora é uma bota preta velha.

– O quê! Não está querendo dizer...?

– É justamente o que quero dizer. Eu tinha somente três pares neste mundo... o novo marrom, o velho preto e o de couro envernizado, que estou usando. Ontem à noite levaram um pé das botas marrom e hoje passaram a mão numa das pretas. Bem, você a encontrou? Fale, homem, e não fique aí me olhando!

Um agitado camareiro alemão havia entrado em cena.

– Não, senhor; investiguei pelo hotel inteiro, mas não tive notícia dela.

– Bem, ou essa bota reaparece antes do pôr do sol ou vou procurar o gerente e lhe dizer que vou deixar este hotel imediatamente.

– Ela vai ser encontrada, senhor... prometo-lhe que, se tiver um pouco de paciência, ela será encontrada.

– Tomara que seja, pois essa é a última coisa minha que vou perder nesse covil de ladrões. Bem, bem, senhor Holmes, vai me desculpar por incomodá-lo por semelhante ninharia...

– Acho que vale realmente a pena incomodar-se por isso.

– Ora, parece levar esse caso muito a sério.

– Como o senhor o explica?

– Simplesmente não tento explicá-lo. Parece algo muito louco, a coisa mais esquisita que já me aconteceu.

– A mais esquisita, talvez – disse Holmes, pensativo.

– O que deduz disso?

– Bem, ainda não posso afirmar que o compreendo. Esse seu caso é muito complexo, Sir Henry. Quando tomado em conjunção com a morte de seu tio, não tenho certeza de que entre todos os 500 casos de capital importância de que tratei haja um tão intrincado. Mas temos vários fios em nossas mãos, e a possibilidade é que um ou outro deles nos guie até a verdade. Podemos perder tempo seguindo o fio errado, mais cedo ou mais tarde, porém, deveremos seguir o certo.

Tivemos um agradável almoço em que pouco foi dito sobre o caso que nos havia reunido. Foi na sala de estar privada, para a qual nos dirigimos depois que Holmes perguntou a Baskerville quais eram suas intenções.

– Ir para a mansão Baskerville.

– E quando?

– No final da semana.

– De modo geral – disse Holmes –, acho que sua decisão é sensata. Tenho amplos indícios de que o senhor está sendo seguido em Londres e, no meio dos milhões de habitantes dessa grande cidade, é difícil descobrir quem são essas pessoas ou qual pode ser o objetivo delas. Se tiverem más intenções, poderiam lhe causar dano e seríamos impotentes para impedi-lo. Não sabia, Dr. Mortimer, que os senhores foram seguidos esta manhã desde minha casa?

O Dr. Mortimer teve um violento sobressalto.

– Seguidos? Por quem?

– Isso, infelizmente, é o que não posso lhe dizer. Entre seus vizinhos ou conhecidos em Dartmoor, há algum homem com uma barba preta e cheia?

– Não... ou, deixe-me ver... ora, sim. Barrymore, o mordomo de Sir Charles, usa uma barba cheia, preta.

– Hum! Onde está Barrymore?

– Está cuidando da mansão.

– Seria melhor verificar se ele está lá realmente ou se há alguma possibilidade de ele estar em Londres.

– Como poderá fazer isso?

– Dê-me um formulário de telegrama. "Está tudo pronto para Sir Henry?" Isso é suficiente. Enderece ao senhor Barrymore, mansão Baskerville. Qual é a agência telegráfica mais próxima? Grimpen. Ótimo, vamos enviar um segundo telegrama ao agente do correio de Grimpen: "Telegrama para senhor Barrymore a ser entregue em mãos. Se ausente, favor retornar telegrama a Sir Henry Baskerville, Northumberland Hotel." Isso nos deixará saber antes da noite se Barrymore está em seu posto em Devonshire ou não.

– Isso mesmo – disse Baskerville. – A propósito, Dr. Mortimer, quem é, afinal de contas, esse Barrymore?

– É filho do antigo zelador, que morreu. Eles vêm cuidando da mansão há quatro

gerações. Até onde sei, ele e a mulher formam um dos casais mais respeitáveis do condado.

– Ao mesmo tempo – disse Baskerville –, é bastante claro que, enquanto não houver ninguém da família na mansão, essas pessoas terão uma casa magnífica e nada para fazer.

– É verdade.

– Barrymore foi beneficiado de alguma forma pelo testamento de Sir Charles? – perguntou Holmes.

– Ele e a mulher receberam 500 libras cada um.

– Ha! Eles sabiam que haveriam de receber isso?

– Sim; Sir Charles gostava muito de falar sobre as cláusulas de seu testamento.

– Isso é muito interessante.

– Espero – disse o Dr. Mortimer – que não vá olhar com desconfiança para todos os que receberam um legado de Sir Charles, porque eu também fui aquinhoado com mil libras.

– É mesmo? E alguém mais?

– Houve muitas somas insignificantes para indivíduos em particular e um grande número de doações para instituições. O resto foi todo destinado a Sir Henry.

– E de quanto era esse resto?

– Amonta a 740 mil libras.

Holmes ergueu as sobrancelhas, surpreso.

– Não tinha a menor ideia de que uma soma tão gigantesca estava envolvida – disse ele.

– Sir Charles tinha a reputação de ser rico, mas não sabíamos o quanto era rico, até que chegamos a examinar seus títulos. O valor total do patrimônio andava perto de 1 milhão.

– Meu Deus! É um montante pelo qual um homem poderia muito bem arriscar uma jogada desesperada. E mais uma pergunta, Dr. Mortimer. Supondo que alguma coisa acontecesse a seu jovem amigo aqui... vai me perdoar a desagradável hipótese... quem haveria de herdar o patrimônio?

– Como Rodger Baskerville, o irmão mais moço de Sir Charles, morreu solteiro, o patrimônio passaria para os Desmonds, que são primos distantes. James Desmond é um clérigo idoso em Westmorland.

– Muito obrigado. Esses detalhes são todos de grande interesse. Conhece o senhor James Desmond?

– Sim; uma vez ele veio visitar Sir Charles. É um homem de venerável aparência e de vida exemplar. Lembro-me de que se recusou a aceitar qualquer doação de Sir Charles, embora este último insistisse com ele.

– E esse homem de gostos simples seria o herdeiro da fortuna de Sir Charles.

– Seria o herdeiro da propriedade, porque ela está vinculada. Seria também o herdeiro do dinheiro, a menos que fosse destinado, por testamento, de outro modo pelo atual proprietário, que pode, é claro, fazer com ele o que quiser.

– E o senhor fez seu testamento, Sir Henry?

– Não, senhor Holmes, não fiz. Não tive tempo, pois foi somente ontem que fiquei sabendo como andavam as coisas. De qualquer modo, porém, acho que o dinheiro deve acompanhar o título e a propriedade. Essa era a ideia de meu pobre tio. Como o proprietário vai poder restaurar as glórias dos Baskervilles, se não tiver dinheiro suficiente para conservar a propriedade? Casa, terras e dólares devem andar juntos.

– É assim mesmo. Bem, Sir Henry, estou inteiramente de acordo quanto à conveniência de que vá para Devonshire sem demora. Há somente uma condição que devo impor. Certamente, o senhor não deve ir sozinho.

– O Dr. Mortimer vai voltar comigo.

– Mas o Dr. Mortimer tem sua clientela para atender e a casa dele fica a milhas da sua. Com toda a boa vontade do mundo, ele talvez seja incapaz de ajudá-lo. Não, Sir Henry, deve levar alguém consigo, um homem de confiança, que deverá estar sempre a seu lado.

– Seria possível que o senhor mesmo fosse, senhor Holmes?

– Se o caso chegar a uma situação de crise, eu me esforçaria para estar presente em pessoa; mas deverá compreender que, com minha vasta clientela e com os constantes apelos que me chegam de muitos lugares, é impossível me ausentar de Londres por um tempo indefinido. No presente momento, um dos nomes mais reverenciados da Inglaterra está sendo deslustrado por um chantagista e somente eu posso deter um escândalo desastroso. Haverá de compreender como me é impossível ir para Dartmoor.

– Quem recomendaria, então?

Holmes pousou a mão sobre meu braço.

– Se meu amigo se incumbisse disso, não haverá homem melhor para o senhor ter a seu lado quando estiver numa situação de apuros. Ninguém pode dizer isso com mais firmeza do que eu.

A proposta me apanhou totalmente de surpresa, mas, antes que eu tivesse tempo de responder, Baskerville agarrou minha mão e a apertou vigorosamente.

– Bem, agora, é realmente muita bondade sua, Dr. Watson – disse ele. – O senhor conhece meu modo de ser e sabe tanto quanto eu sobre a questão. Se vier para a mansão Baskerville e me ajudar, nunca vou me esquecer disso.

A promessa de aventura sempre exercia um fascínio em mim e me senti lisonjeado com as palavras de Holmes e pelo entusiasmo com que o baronete me cumprimentou como companheiro.

– Irei com prazer – disse eu. – Não sei como poderia empregar melhor meu tempo.

– E me manterá cuidadosamente informado – disse Holmes. – Quando ocorrer uma crise, como deverá ocorrer, vou determinar como deverá agir. Suponho que até sábado tudo poderia estar pronto?

– Isso seria conveniente para o Dr. Watson?

– Perfeitamente.

– Então no sábado, a menos que seja informado do contrário, deveremos nos encontrar no trem das 10h30 que vem de Paddington.

Havíamos nos levantado para partir quando Baskerville soltou um grito de triunfo e, agachando-se num dos cantos da sala, puxou uma bota marrom de debaixo de um armário.

– Minha bota perdida! – exclamou ele.

– Possam todas as nossas dificuldades desaparecer tão facilmente! – disse Sherlock Holmes.

– Mas é algo muito singular – observou o Dr. Mortimer. – Vasculhei cuidadosamente esta sala antes do almoço.

– E eu fiz o mesmo – disse Baskerville. – Cada polegada dela.

– Certamente não havia nenhuma bota aqui naquele momento.

– Nesse caso, o camareiro deve tê-la colocado ali enquanto estávamos almoçando.

O alemão foi chamado, mas afirmou que nada sabia do fato e nenhuma outra indagação pôde elucidá-lo. Outro item havia sido acrescido a essa série constante e aparentemente sem propósito de pequenos mistérios que se haviam sucedido tão rapidamente. Deixando de lado toda a horrível história da morte de Sir Charles, tínhamos uma sucessão de incidentes inexplicáveis, todos no curto espaço de tempo de dois dias, que incluíam o recebimento da carta com palavras impressas, o espião de barba preta na charrete, a perda da bota marrom nova, a perda da bota preta velha e agora o retorno da bota marrom nova. Holmes se manteve em silêncio na carruagem, durante nosso percurso de volta à Baker Street, e eu sabia, por suas sobrancelhas cerradas e pelo semblante carregado, que sua mente, como a minha, estava ocupada no esforço de elaborar algum esquema em que todos esses episódios estranhos e aparentemente desconexos pudessem ser encaixados. Ficou sentado a tarde inteira e noite adentro, perdido entre seu fumo e seus pensamentos.

Pouco antes do jantar, ele recebeu dois telegramas. O primeiro dizia:

"Acabamos de saber que Barrymore está na mansão. BASKERVILLE"

O segundo:

"Visitei 23 hotéis como instruído, mas lamento informar que fui incapaz de encontrar folha do *Times* recortada. CARTWRIGHT"

– Lá se vão dois de meus fios, Watson. Não há nada mais estimulante do que um caso quando tudo está contra você. Devemos seguir outra pista.

– Ainda temos o cocheiro que conduziu o espião.

– Exatamente. Telegrafei para obter seu nome e endereço do registro oficial. Não ficaria surpreso se isso fosse uma resposta a minha pergunta.

O toque da campainha, porém, provou ser algo ainda mais satisfatório que uma resposta, pois a porta se abriu e entrou um sujeito de aparência rude, que evidentemente era o próprio homem.

– Recebi uma mensagem da agência central de que um cavalheiro neste endereço andou indagando pelo número 2704 – disse ele. – Dirijo minha carruagem há sete anos e nunca recebi uma palavra de queixa. Vim direto do pátio de parada para lhe perguntar diretamente o que o senhor tem contra mim.

– Não tenho absolutamente nada contra você, meu bom homem – disse Holmes. – Pelo contrário, tenho uma moeda de meio soberano para você, se me der uma resposta clara a minhas perguntas.

– Bem, tive um bom dia e sem problemas – disse o cocheiro com um sorriso. – O que é que queria perguntar, senhor?

– Em primeiro lugar, seu nome e endereço, caso precise de você novamente.

– John Clayton, Turpey Street, 3, Borough. Minha carruagem estaciona no pátio de Shipley, perto da Waterloo Station.

Sherlock Holmes anotou isso.

– Agora, Clayton, conte-me tudo sobre o passageiro que veio até aqui e observou esta casa às 10 horas desta manhã e depois seguiu os dois cavalheiros pela Regent Street.

O homem pareceu surpreso e um pouco embaraçado.

– Ora, é inútil lhe contar coisas, pois o senhor parece já saber tanto quanto eu – disse ele. – A verdade é que o cavalheiro me disse que era detetive e que eu não deveria dizer nada sobre ele para ninguém.

– Meu bom camarada; este é um caso muito sério e você poderá ficar numa situação bastante ruim, se tentar me esconder alguma coisa. Você diz que seu passageiro lhe contou que era um detetive?

– Sim, assim falou ele.

– Quando lhe falou desse modo?

– Quando me deixou.

– Ele lhe disse mais alguma coisa?

– Mencionou o nome dele.

Holmes lançou um rápido olhar de triunfo para mim.

– Oh! Então ele mencionou o próprio nome, não é? Isso foi imprudente. Qual foi o nome que mencionou?

– O nome dele – disse o cocheiro – era Sherlock Holmes.

Nunca vi meu amigo mais completamente desconcertado do

que pela resposta do cocheiro. Por um instante, ficou em silenciosa estupefação. Depois se abriu numa prazerosa gargalhada.

– Um toque, Watson... um inegável toque! – disse ele. – Sinto um golpe de esgrima tão rápido e flexível como o meu. Ele me acertou com uma estocada formidável desta vez. Então o nome dele era Sherlock Holmes, não é?

– Sim, senhor, esse era o nome do cavalheiro.

– Excelente! Conte-me onde o apanhou e tudo o que aconteceu.

– Ele me chamou às 9 e meia na Trafalgar Square. Disse que era um detetive e me ofereceu 2 guinéus, se eu fizesse exatamente o que ele queria o dia todo e não fizesse perguntas. Concordei com toda a satisfação. Primeiro seguimos até o Northumberland Hotel e lá esperamos até que dois cavalheiros saíram e tomaram uma carruagem da fila. Seguimos a carruagem deles até que parou aqui por perto.

– Precisamente diante dessa porta – disse Holmes.

– Bem, eu não poderia estar certo disso, mas ouso dizer que meu passageiro sabia tudo a esse respeito. Paramos lá pela metade da rua e esperamos uma hora e meia. Então os dois cavalheiros passaram por nós, caminhando, e os seguimos pela Baker Street e ao longo da...

– Eu sei – disse Holmes.

– Até descermos três quartos da Regent Street. Então meu cavalheiro levantou a portinhola da capota e gritou que eu deveria seguir diretamente para a Waterloo Station, o mais rápido que pudesse. Chicoteei a égua e chegamos lá em menos de dez minutos. Ali ele pagou os dois guinéus, como um homem de bem, e entrou na estação. Foi somente quando já ia se afastando que ele voltou e disse: "Talvez lhe interesse saber que esteve conduzindo o senhor Sherlock Holmes". Foi assim que fiquei sabendo o nome dele.

– Entendo. E não o viu mais?

– Depois que entrou na estação, não.

– E como haveria de descrever o senhor Sherlock Holmes?

O cocheiro coçou a cabeça.

– Bem, em geral, não era um cavalheiro muito fácil de descrever. Eu lhe daria uns 40 anos de idade e era de altura mediana, duas ou três polegadas mais baixo que o senhor. Vestia-se como um grã-fino, tinha uma barba preta, aparada de forma quadrada na ponta, e um rosto pálido. Não sei se poderia dizer mais que isso.

– A cor dos olhos?

– Não, não posso dizer isso.

– Nada mais de que possa se lembrar?

– Não, senhor; nada.

– Bem, então, aqui está seu meio soberano. Há outro à sua espera, se puder trazer mais alguma informação. Boa noite!

– Boa noite, senhor, e muito obrigado!

John Clayton partiu sorridente e Holmes se voltou para mim, dando de ombros e com um sorriso sentido.

– Não é que se rompe nosso terceiro fio e lá voltamos nós ao ponto de partida – disse ele. – Velhaco trapaceiro! Ele sabia nosso número, sabia que Sir Henry Baskerville me havia consultado, reconheceu quem era eu na Regent Street, conjeturou que eu havia anotado o número da charrete e que haveria de pôr minhas mãos no cocheiro e, assim, me enviou essa mensagem audaciosa. Digo-lhe, Watson, desta vez temos um adversário digno de nossa espada. Levei xeque-mate em Londres. Só posso desejar a você melhor sorte em Devonshire. Mas não me sinto tranquilo com isso.

– Com o quê?

– Com o fato de mandá-lo para lá. É um caso feio, Watson, um caso feio e perigoso; e, quanto mais vejo dele, menos gosto. Sim, meu caro companheiro, pode rir, mas dou-lhe minha palavra de que ficarei muito contente em tê-lo de volta são e salvo na Baker Street mais uma vez.

Capítulo VI

A mansão Baskerville

Sir Henry Baskerville e o Dr. Mortimer estavam prontos no dia marcado e partimos, como combinado, para Devonshire. O senhor Sherlock Holmes me acompanhou até a estação e me passou suas últimas instruções e conselhos.

– Não vou predispor sua mente sugerindo teorias ou suspeitas, Watson – disse ele. – Quero simplesmente que me relate os fatos da maneira mais completa possível e pode deixar a teorização por minha conta.

– Que tipo de fatos? – perguntei.

– Tudo o que possa parecer ter uma ligação, ainda que indireta, com o caso, e especialmente as relações entre o jovem Baskerville e os vizinhos dele ou quaisquer novos pormenores relativos à morte de Sir Charles. Eu mesmo fiz algumas investigações nos últimos dias, mas os resultados, lastimo, foram negativos. Só uma coisa parece certa e é que o senhor James Desmond, que é o herdeiro seguinte na sucessão, é um cavalheiro idoso de índole muito amável, de modo que essa perseguição não provém dele. Acho, realmente, que podemos eliminá-lo inteiramente de nossas conjeturas. Restam as pessoas que efetivamente estão nas proximidades de Sir Henry Baskerville, no pântano.

– Não seria bom, em primeiro lugar, nos livrarmos desse casal Barrymore?

– De modo algum. Você não poderia cometer um erro maior. Se eles forem inocentes, seria uma injustiça cruel; e, se forem culpados, estaríamos perdendo a oportunidade de acusá-los. Não, não, vamos preservá-los em nossa lista de suspeitos. Além disso, há um cavalariço na mansão, se bem me lembro. Há dois fazendeiros nas terras do pântano. Há nosso amigo Dr. Mortimer, que acredito ser inteiramente honesto, e há a mulher dele, da qual nada sabemos. Há o naturalista, Stapleton, e a irmã dele, que dizem ser uma jovem atraente. Há o senhor Frankland, da mansão Lafter, que é também um fator desconhecido, e há um ou dois outros vizinhos. Essas são as pessoas que devem ser objeto de seu estudo especial.

– Farei o meu melhor.

– Tem armas, suponho?

– Sim, julguei que seria bom levá-las comigo.

– Com toda a certeza. Mantenha seu revólver por perto dia e noite; e nunca se descuide de suas precauções.

Nossos amigos já haviam conseguido um vagão de primeira classe e estavam aguardando por nós na plataforma.

– Não, não temos notícias de espécie alguma – disse o Dr. Mortimer em resposta às perguntas de meu amigo. – Posso jurar uma coisa, ou seja, não fomos seguidos durante os dois últimos dias. Nunca saímos sem manter uma intensa vigilância e ninguém poderia ter escapado à nossa observação.

– Ficaram sempre juntos, presumo.

– Exceto ontem à tarde. Geralmente dedico um dia ao puro divertimento quando venho à cidade; assim, passei o dia no Museu do Colégio dos Cirurgiões.

– E eu fui olhar as pessoas no parque – disse Baskerville.

– Mas não tivemos nenhum tipo de problema.

– Mesmo assim, foi imprudente – disse Holmes, sacudindo a cabeça e parecendo muito sério. – Peço, Sir Henry, que não ande por aí sozinho. Um grande infortúnio pode lhe ocorrer, se fizer isso. Encontrou a outra bota?

– Não, senhor, desapareceu para sempre.

– Verdade? Isso é muito interessante. Bem, adeus – acrescentou, enquanto o trem começava a deslizar diante da plataforma. – Tenha em mente, Sir Henry, uma das frases daquela estranha lenda antiga que o Dr. Mortimer leu para nós e evite o pântano naquelas horas de escuridão, em que as forças do mal estão exaltadas.

Virei-me para a plataforma quando a tínhamos deixado bem distante e consegui ver a figura alta e austera de Holmes, imóvel e olhando fixamente para nós.

A viagem foi rápida e agradável; passei-a conhecendo mais intimamente meus dois companheiros e brincando com o spaniel do Dr. Mortimer. Em poucas horas a terra marrom se havia tornado rubra, o tijolo tinha cedido ao granito e vacas avermelhadas pastavam em campos bem cercados, onde a viçosa grama e a vegetação mais luxuriante falavam de um clima mais rico, ainda que mais úmido. O jovem Baskerville olhava avidamente pela janela e dava gritos de prazer ao reconhecer as características familiares do cenário de Devon.

– Estive em boa parte do mundo desde que saí daqui, Dr. Watson – disse ele. – Mas nunca vi um lugar que se comparasse a este.

– Nunca vi um homem de Devonshire que não elogiasse seu condado – observei.

– Depende da estirpe de homens bem como do condado – disse o Dr. Mortimer. – Um rápido olhar em nosso amigo aqui revela a cabeça redonda do celta, que carrega dentro dela o entusiasmo celta e a força do apego. A cabeça do pobre Sir Charles era de um tipo muito raro, semigaélica e semi-hibérnica em suas características. Mas o senhor era muito jovem quando viu pela última vez a mansão Baskerville, não é?

– Eu era um adolescente na época em que meu pai morreu e nunca tinha visto a mansão, pois ele morava num pequeno chalé na costa sul. De lá fui direto me encontrar com um amigo na América. Digo-lhes que tudo é tão novo para mim quanto para o Dr. Watson e que estou mais do que ansioso para ver o pântano.

– Está mesmo? Então seu desejo está sendo rapidamente satisfeito, pois lá está sua primeira vista do pântano – disse o Dr. Mortimer, apontando pela janela do vagão.

Para além dos quadrados verdes dos campos e da baixa curvatura de um bosque, surgia à distância uma colina cinzenta, melancólica, com um estranho cume denteado, escura e vaga na distância, como uma paisagem fantástica num sonho. Baskerville passou muito tempo com os olhos fixos nela e vi, em seu semblante ansioso, o quanto significava para ele essa primeira vista daquele lugar estranho, onde os homens de seu sangue haviam dominado por tanto tempo e deixado sua marca tão profunda. Ali estava ele, com seu terno de algodão e seu sotaque americano, no canto de um prosaico vagão de trem e, ainda assim, ao olhar para seu rosto moreno e expressivo, eu mais que nunca sentia que ele era um verdadeiro descendente daquela longa linhagem de homens temperamentais, impetuosos e dominadores. Havia orgulho, coragem e força em suas espessas sobrancelhas, em suas narinas sensíveis e em seus grandes olhos cor de avelã. Se naquele pântano interdito, uma busca difícil e perigosa se apresentava diante de nós, esse era pelo menos um camarada por quem podíamos ousar nos aventurar em assumir um risco, com a certeza de que ele nos acompanharia com intrepidez.

O trem parou numa pequena estação de beira de estrada e todos nós descemos. Lá fora, além da cerca branca e baixa, uma carruagem puxada por uma parelha de cavalos robustos nos esperava. Nossa chegada foi evidentemente um grande evento, pois o chefe da estação e os carregadores se aglomeraram em torno de nós para carregar nossa bagagem. Era um lugar ameno e simples da zona rural, mas fiquei surpreso ao observar que, junto do portão, estavam a postos dois soldados com uniformes escuros, que se apoiavam sobre seus rifles curtos e nos olhavam fixamente enquanto passávamos. O cocheiro, um baixinho coberto de rugas e de cara fechada, cumprimentou Sir Henry Baskerville e, em poucos minutos, estávamos correndo velozmente pela larga estrada branca. Pastagens onduladas se elevavam dos dois lados, e velhas casas ornamentadas espreitavam por entre a densa folhagem verde, mas, por trás dos campos pacíficos e iluminados pelo sol, se erguia sempre, escura contra o céu vespertino, a longa e sóbria curvatura do pântano, quebrada pelas colinas denteadas e sinistras.

A carruagem enveredou por uma estrada lateral e fizemos uma curva ascendente através de profundas trilhas gastas por séculos de rodas, com altos barrancos dos dois lados, atapetados de musgos gotejantes e de carnudas avencas. Samambaias cor de bronze e amoreiras sarapintadas brilhavam à luz do sol poente. Ainda subindo firmemente, passamos sobre uma estreita ponte de granito e margeamos um riacho ruidoso que descia em corredeira, espumando e rugindo entre os rochedos cinzentos. A estrada e o riacho serpenteavam através de um vale recoberto de arbustos e abetos. A cada curva, Baskerville soltava uma exclamação de prazer, olhando ansiosamente em derredor e fazendo incontáveis perguntas. A seus olhos, tudo parecia bonito, mas, para mim, uma coloração de melancolia cobria a região, que estampava tão claramente a marca do ano que findava. Folhas amarelas atapetavam os caminhos e tombavam esvoaçando sobre nós quando passávamos. O estrépito de nossas rodas esmorecia quando seguíamos através de montes de vegetação apodrecida... Tristes presentes, como me parecia, para a natureza lançar diante da carruagem do herdeiro dos Baskerville que retornava.

– Opa! – exclamou o Dr. Mortimer. – O que é isso?

Uma curva íngreme de terra recoberta de urzes, uma ponta periférica do pântano, surgia à nossa frente. No alto, imóvel e nítido como uma estátua equestre em seu pedestal, estava a postos um soldado, moreno e sério, com o rifle engatilhado sobre o antebraço. Ele vigiava a estrada pela qual viajávamos.

– O que é isso, Perkins? – perguntou o Dr. Mortimer.

Nosso cocheiro voltou-se um pouco em seu assento.

– Há um prisioneiro que fugiu de Princetown, senhor. Está solto há três dias e os guardas da prisão vigiam cada estrada e cada estação, mas até agora não viram nem sinal dele. Os fazendeiros por aqui não estão gostando nada disso, senhor, e esse é o fato.

– Bem, segundo ouvi dizer, eles recebem 5 libras se puderem dar informação.

– Sim, senhor, mas a chance de ganhar 5 libras é bem pequena se comparada com a chance de ter a garganta cortada. Sabe, não é um prisioneiro como outro qualquer. Esse é um homem que não hesitaria diante de nada.

– Quem é ele, então?

– É Selden, o assassino de Notting Hill.

Eu me lembrava bem do caso, pois era um daqueles em que Holmes tinha mostrado grande interesse por causa da peculiar ferocidade do crime e da temerária brutalidade que havia marcado todas as ações do assassino. A comutação de sua sentença de morte se havia baseado em algumas dúvidas quanto à sua completa sanidade, tão atroz era sua conduta. Nossa carruagem tinha alcançado o topo de uma elevação, e diante de nós surgiu a imensa extensão do pântano, salpicada por montes de pedras pontiagudas e rochedos escarpados. Do brejo soprava um vento frio que nos deixou tremendo. Em algum lugar por ali, naquela planície desolada, ficava à espreita esse homem demoníaco, escondido numa toca como um animal selvagem, com o coração repleto de maldade contra toda a raça que o havia renegado. Só faltava isso para completar o sugestivo caráter assustador desse deserto estéril, do vento gelado e do céu escuro. Até Baskerville ficou em silêncio e ajeitou o sobretudo de modo mais apertado em torno dele.

Havíamos deixado a região fértil atrás e abaixo de nós. Olhávamos para ela, que ora ia ficando distante, os raios oblíquos de um sol baixo transformando os riachos em fios de ouro e brilhando sobre a terra vermelha recém-revirada pelo arado e o vasto emaranhado das matas. A estrada diante de nós ficava mais deserta e agreste por sobre enormes encostas avermelhadas e oliváceas, salpicadas por rochedos gigantescos. Vez por outra passávamos por uma cabana nas terras do pântano, com paredes e telhado de pedra, sem nenhuma trepadeira para quebrar seu rude perfil. De repente, olhamos para uma depressão em forma de taça, recoberta aqui e acolá com carvalhos e abetos raquíticos, que haviam sido retorcidos e dobrados pela fúria de anos de tempestade. Duas torres altas e estreitas se elevavam acima das árvores. O cocheiro apontou com o chicote.

– A mansão Baskerville – disse ele.

O patrão tinha se levantado e a estava contemplando, com as faces coradas e os olhos brilhando. Alguns minutos depois, tínhamos chegado aos portões, um emaranhado de fantástica ornamentação de ferro batido, com pilares corroídos pelo tempo de ambos os lados, cobertos de líquens e encimados pelas cabeças de javali dos Baskervilles. A casa do porteiro era uma ruína de granito preto e vigas de madeira expostas, mas em frente havia uma nova casa, em construção, o primeiro fruto do ouro sul-africano de Sir Charles.

Passando o portão, entramos em uma alameda, onde as rodas foram novamente silenciadas entre as folhas, e as velhas árvores lançavam seus galhos num túnel sombrio sobre nossa cabeça. Baskerville estremeceu quando olhou para o longo e escuro caminho até onde a casa brilhava como um fantasma na extremidade oposta.

– Foi aqui? – perguntou ele, em voz baixa.

– Não, não, a alameda dos teixos está do outro lado.

O jovem herdeiro olhou em volta com o rosto abatido.

– Não é de admirar que meu tio pressentisse que atribulações haveriam de recair sobre ele num lugar como esse – disse ele. – É suficiente para atemorizar qualquer um. Vou mandar instalar uma fileira de lâmpadas elétricas aqui, dentro de seis meses, e não vão reconhecê-lo com uma Swan e Edison de mil velas bem aqui na frente da porta de entrada.

A alameda se abria num amplo espaço de grama, e a casa se erguia diante de nós. À luz esmaecida, pude ver que o centro era um pesado bloco de construção, do qual se projetava um pórtico. Toda a frente era forrada de hera, com um trecho aparado aqui e acolá, onde uma janela ou um brasão irrompia através do escuro véu. Desse bloco central se elevavam as torres gêmeas, antigas, denteadas e perfuradas por muitas seteiras. À direita e à esquerda das torrinhas, se estendiam alas mais modernas de granito preto. Uma luz fosca brilhava através dos reforçados caixilhos das janelas e, das altas chaminés que se elevavam do telhado íngreme e fortemente angulado, subia uma única coluna de fumaça negra.

– Bem-vindo, Sir Henry! Bem-vindo à mansão Baskerville!

Um homem alto saltou da sombra do pórtico para abrir a porta da carruagem. A figura de uma mulher se desenhava contra a luz amarela do saguão. Ela saiu e ajudou o homem a descer nossas malas.

– Não se importa que eu siga direto para casa, Sir Henry? – perguntou o Dr. Mortimer. – Minha mulher está me esperando.

– Certamente vai ficar e jantar conosco?

– Não, preciso ir. Provavelmente vou encontrar algum trabalho me aguardando. Eu poderia ficar para lhe mostrar a casa, mas Barrymore será um guia melhor do que eu. Até logo e não hesite jamais em mandar me chamar, dia ou noite, se eu puder lhe ser útil.

O rumor das rodas desapareceu caminho abaixo, enquanto Sir Henry e eu entrávamos na mansão e a porta se fechava pesadamente atrás de nós. Vimo-nos num belo aposento, grande, alto e pesadamente reforçado com grandes traves de carvalho enegrecidas pelo tempo. Na grande e antiquada lareira, atrás dos altos cães de ferro, um fogo de toras crepitava e estalava. Sir Henry e eu estendemos nossas mãos para ele, pois estávamos entorpecidos após a longa viagem. Depois olhamos em volta para a alta e estreita janela de vitral antigo, os lambris de carvalho, as cabeças de cervo, o brasão sobre as paredes, tudo ofuscado e sombrio à luz fraca da lâmpada central.

– É exatamente como imaginei – disse Sir Henry. – Não é a própria imagem de um lar de uma antiga família? Pensar que essa é a mesma mansão em que meu povo viveu por 500 anos! Deixa-me com ar solene ao pensar nisso!

Vi seu rosto moreno se iluminar com um entusiasmo juvenil enquanto olhava em torno dele. A luz batia sobre onde ele estava, mas longas sombras se projetavam pelas paredes e pendiam como um dossel preto acima dele. Barrymore havia voltado, depois de levar as bagagens para nossos quartos. Ficou diante de nós com as maneiras contidas de um criado bem treinado. Era um homem de aparência notável, alto, elegante, com uma barba preta de corte quadrado e semblante pálido e distinto.

– Gostaria que o jantar fosse servido imediatamente, senhor?

– Está pronto?

– Dentro de poucos minutos, senhor. Encontrarão água quente em seus quartos. Minha esposa e eu ficaremos felizes, Sir Henry, em continuar com o senhor até que tenha tomado suas novas providências, mas o senhor haverá de compreender que nas novas condições esta casa vai exigir uma criadagem considerável.

– Que novas condições?

– Quis dizer apenas, senhor, que Sir Charles levava uma vida muito reclusa, e nós éramos capazes de cuidar das necessidades dele. O senhor, naturalmente, deseja ter mais companhia e, assim, vai precisar de mudanças em sua casa.

– Está querendo dizer que você e sua mulher querem ir embora?

– Somente quando for inteiramente conveniente para o senhor.

– Mas sua família tem estado conosco há várias gerações, não é? Eu lamentaria começar minha vida aqui rompendo uma antiga ligação de família.

Tive a impressão de discernir alguns sinais de emoção no rosto branco do mordomo.

– Eu também lamento, senhor, assim como minha mulher. Mas para dizer a verdade, senhor, éramos ambos muito afeiçoados a Sir Charles, e a morte dele nos causou um choque e tornou esse ambiente muito penoso para nós. Receio que nunca mais vamos nos sentir tranquilos na mansão Baskerville.

– Mas o que pretende fazer?

– Não tenho dúvida, senhor, de que conseguiremos nos estabelecer em algum negócio. A generosidade de Sir Charles nos deu meios para isso. E agora, senhor, talvez seja melhor lhes mostrar os respectivos quartos.

Uma escada dupla levava a uma galeria quadrada com uma balaustrada que rodeava o alto do velho saguão. Desse ponto central, dois longos corredores se estendiam por todo o comprimento da construção, para os quais se abriam todos os quartos. O meu ficava na mesma ala que o de Baskerville e quase contíguo ao dele. Esses quartos pareciam ser muito mais modernos que a parte central da casa, e o papel claro e as numerosas velas contribuíam para eliminar a sombria impressão que nossa chegada havia deixado em minha mente.

Mas a sala de jantar, que dava para o saguão, era um lugar sombrio e melancólico. Era um cômodo comprido com um degrau separando o estrado, onde a família se sentava, com a parte inferior reservada a seus dependentes. Numa das extremidades, se destacava uma plataforma para os músicos. Traves negras corriam sobre nossa cabeça, com um teto enegrecido pela fumaça acima delas. Com fileiras de vistosos archotes para iluminá-la e a cor e a rude alegria de um banquete de outros tempos, a sala poderia ter se suavizado; mas agora, quando dois cavalheiros vestidos de preto se sentavam no pequeno círculo de luz projetado por uma lamparina fraca, nossa voz sumiu e nosso espírito se subjugou. Uma vaga linha de ancestrais, com os mais variados trajes, do cavaleiro elisabetano ao janota da Regência, fitava-nos do alto e nos intimidava com sua silenciosa companhia. Falamos pouco e, de minha parte, fiquei contente quando a refeição terminou e pudemos nos retirar para a moderna sala de bilhar e fumar um cigarro.

– Palavra de honra, não é um lugar muito alegre – disse Sir Henry. – Suponho que a gente pode se adaptar a ele, mas no momento me sinto um tanto deslocado. Não me admiro que meu tio tenha se tornado um pouco nervoso, se morava sozinho numa casa como esta. Mas, se lhe convier, vamos nos recolher cedo esta noite e talvez as coisas possam parecer mais alegres de manhã.

Abri as cortinas de meu quarto antes de me deitar e olhei pela janela. Ela dava para o espaço gramado que se estendia diante da porta da mansão. Mais além, dois bosques gemiam e se balançavam ao vento que começava a soprar. Uma meia-lua surgiu por entre as aberturas de nuvens ligeiras. À sua fria luz, divisei, além das árvores, uma orla quebrada de rochas e a longa e baixa curva do melancólico pântano. Fechei a cortina, sentindo que minha última impressão era condizente com o resto.

E, contudo, não foi realmente a última. Eu me sentia exausto e, ainda assim, continuava acordado, revirando-me incansavelmente de um lado para outro, procurando por um sono que não vinha. Bem distante, um carrilhão batia os quartos de hora, mas, salvo isso, um silêncio mortal envolvia a velha casa. E então, subitamente, nas horas mais adentradas da noite, um som chegou a meus ouvidos, claro, sonoro e inconfundível. Era o soluço de uma mulher, o ofegar sufocado, estrangulado de alguém que está dilacerado por uma dor inconsolável. Sentei-me na cama e escutei com toda a atenção. O barulho não poderia ter vindo de longe e certamente estava na casa. Durante meia hora, esperei com todos os nervos em alerta, mas não ouvi nenhum outro som, a não ser as batidas do carrilhão e o roçar da hera na parede.

Capítulo VII

Os Stapletons da casa Merripit

A beleza renovada da manhã seguinte contribuiu para apagar de nossa mente a impressão sombria e melancólica, que havia sido deixada em ambos, por nossa primeira experiência na mansão Baskerville. Quando Sir Henry e eu nos sentamos para o café da manhã, a luz do sol jorrava através das altas janelas de caixilhos, projetando pálidas manchas de cor dos brasões que as encimavam. Os lambris escuros cintilavam como bronze aos raios dourados, e era difícil acreditar que esse era realmente o aposento que havia infundido tanta tristeza em nossa alma na noite anterior.

– Imagino que é nós mesmos e não a casa que devemos culpar! – disse o baronete. – Estávamos cansados da viagem e enregelados pelo trajeto de carruagem, e assim tivemos uma visão sombria do lugar. Agora que estamos descansados e bem, tudo voltou a ser alegre.

– Ainda assim, não foi inteiramente uma questão de imaginação – respondi. – Por exemplo, ouviu acaso alguém, creio que uma mulher, soluçando à noite?

– Isso é curioso, porque, quando estava prestes a pregar no sono, pensei ter ouvido algo parecido. Esperei um bom tempo, mas não ouvi mais nada; concluí que tudo não passou de um sonho.

– Eu o ouvi nitidamente e tenho certeza de que era realmente o soluço de uma mulher.

– Devemos verificar isso agora mesmo.

Ele tocou a campainha e perguntou a Barrymore se poderia explicar nossa experiência. Tive a impressão de que as feições pálidas do mordomo ficaram um pouco mais pálidas quando ouviu a pergunta do patrão.

– Há somente duas mulheres na casa, Sir Henry – respondeu ele. – Uma é a copeira, que dorme na outra ala. A outra é a minha mulher e posso lhe garantir que o som não poderia ter vindo dela.

Mas ele mentiu ao falar desse modo, pois aconteceu que, depois do café da manhã, encontrei com a senhora Barrymore no longo corredor, com o sol batendo em cheio no rosto dela. Era uma mulher gorda, impassível, de traços pesados, com uma expressão severa e resoluta na boca. Mas seus olhos bisbilhoteiros estavam vermelhos e me fitaram por entre pálpebras inchadas. Foi ela, portanto, que chorou durante a noite e, se o fez, o marido devia saber. Além disso, ele havia corrido o óbvio risco de ser desmascarado ao declarar que nada havia ocorrido. Por que tinha feito isso? E por que ela chorava tão amargamente? Já se acumulava uma atmosfera de mistério e de obscuridade em torno desse homem pálido, elegante e de barba preta. Foi ele que havia descoberto o corpo de Sir Charles, e só tínhamos a palavra dele acerca de todas as circunstâncias que levaram à morte do velho. Seria possível que fosse Barrymore, afinal de contas, que tínhamos visto na carruagem, na Regent Street? A barba poderia muito bem ter sido a mesma. O cocheiro havia descrito um homem um pouco mais baixo, mas essa podia ter sido facilmente uma falsa impressão. Como conseguiria elucidar esse ponto definitivamente? Obviamente, a primeira coisa a fazer era procurar o agente do correio de Grimpen e descobrir se o telegrama enviado como teste havia sido realmente entregue às próprias mãos de Barrymore. Fosse qual fosse a resposta, eu teria, pelo menos, alguma coisa a relatar a Sherlock Holmes.

Como Sir Henry tinha muitos papéis para examinar depois do café, a hora era propícia para minha excursão. Foi uma agradável caminhada de 4 milhas ao longo da borda do pântano, levando-me finalmente a uma aldeola indiferente, em que duas construções maiores, que se revelaram ser a estalagem e a casa do Dr. Mortimer, se erguiam mais altas que o resto. O agente do correio, que era também o dono da mercearia do vilarejo, tinha uma clara lembrança do telegrama.

– Certamente, senhor – disse ele. – Mandei entregar o telegrama ao senhor Barrymore, exatamente como foi ordenado.

– Quem o entregou?

– Meu menino aqui. James, você entregou aquele telegrama ao senhor Barrymore na mansão, na semana passada, não foi?

– Sim, pai, eu o entreguei.

– Nas próprias mãos dele? – perguntei.

– Bem, ele estava no sótão naquele momento; assim, não pude deixá-lo nas próprias mãos dele, mas o dei nas mãos da senhora Barrymore, e ela prometeu que o entregaria a ele imediatamente.

– Você viu o senhor Barrymore?

– Não, senhor; já lhe disse, ele estava no sótão.

– Se não o viu, como sabe que ele estava no sótão?

– Bem, certamente a própria mulher dele deve saber onde ele anda – disse o agente do correio, irritado. – Ele não recebeu o telegrama? Se há algum erro, cabe ao próprio senhor Barrymore reclamar.

Pareceu inútil prosseguir nesse interrogatório, mas estava claro que, apesar do artifício de Holmes, não tínhamos nenhuma prova de que Barrymore não tivesse estado em Londres o tempo todo. Supondo que isso tivesse acontecido... supondo que o mesmo homem tivesse sido o último que vira Sir Charles com vida e o primeiro a seguir o novo herdeiro quando ele retornou à Inglaterra; o que se poderia concluir? Seria ele o agente de outros ou teria algum propósito sinistro próprio? Que interesse poderia ter em perseguir a família Baskerville? Pensei no estranho aviso recortado do editorial do *Times*. Tinha sido obra sua ou possivelmente obra de alguém decidido a contrariar seus planos? O único motivo concebível era aquele que havia sido sugerido por Sir Henry, isto é, se a família pudesse ser afugentada, um lar confortável e permanente estaria garantido para os Barrymore. Mas certamente uma explicação como essa seria totalmente inadequada para justificar a profunda e sutil trama que parecia estar tecendo uma rede invisível em torno do jovem baronete. O próprio Holmes havia dito que nunca lhe chegara caso mais complexo em toda a longa série de suas sensacionais investigações. Rezei, enquanto caminhava de volta pela estrada cinzenta e solitária, para que meu amigo pudesse se livrar logo de suas preocupações e pudesse vir tirar esse pesado fardo de responsabilidade de meus ombros.

Meus pensamentos foram interrompidos subitamente pelo som de pés correndo atrás de mim e por uma voz que me chamava pelo nome. Virei-me, esperando ver o Dr. Mortimer, mas, para minha surpresa, era um estranho que estava me perseguindo. Era um homem baixo, delgado, barbeado, de expressão afetada, de cabelo louro e maxilares retraídos, entre os 30 e 40 anos de idade, vestindo um terno cinza e usando um chapéu de palha. Tinha uma caixa de latão para espécimes botânicos dependurada no ombro e, numa das mãos, levava uma rede verde para caçar borboletas.

– Tenho certeza de que haverá de perdoar minha presunção, Dr. Watson – disse ele, ao chegar ofegante até onde eu estava. – Aqui pelos lados do pântano, somos gente simples e não esperamos por apresentações formais. Possivelmente pode ter ouvido meu nome da parte de nosso amigo comum, Mortimer. Sou Stapleton, da casa Merripit.

– Sua rede e sua lata já me teriam confirmado isso – disse eu –, pois sabia que o senhor Stapleton era naturalista. Mas como o senhor me conheceu?

– Estive uma vez de visita a Mortimer e ele o apontou para mim da janela da sala de cirurgia dele quando o senhor passou. Como nosso caminho é o mesmo, achei que poderia alcançá-lo e me apresentar. Espero que Sir Henry já tenha se recuperado da viagem.

– Ele está muito bem, obrigado.

– Estávamos todos um tanto temerosos de que, depois da triste morte de Sir Charles, o novo baronete pudesse se recusar a morar aqui. É pedir muito de um homem rico que venha se enterrar num lugar desse tipo, mas não preciso lhe dizer que isso representa muito para a região. Sir Henry, suponho, não tem medos supersticiosos a esse respeito.

– Não acho que seja provável.

– Certamente conhece a lenda do cão demoníaco que assombra a família?

– Ouvi falar dela.

– É extraordinário como os camponeses são crédulos por aqui! Muitos deles estão prontos para jurar que viram tal criatura no pântano. – Ele falava com um sorriso, mas me parecia ler nos olhos dele que levava o assunto mais a sério. – A história exercia grande influência sobre a imaginação de Sir Charles e não tenho dúvidas de que isso o levou a seu trágico fim.

– Mas como?

– Seus nervos estavam tão destroçados que o aparecimento de qualquer cão poderia ter tido um efeito fatal sobre seu coração enfermo. Imagino que ele realmente viu alguma coisa desse tipo naquela última noite na alameda dos teixos. Eu temia que algum desastre pudesse ocorrer, pois gostava muito do velho e sabia que seu coração era fraco.

– Como sabia isso?

– Meu amigo Mortimer me contou.

– Acha, então, que algum cão perseguiu Sir Charles e que ele morreu em consequência do medo?

– Tem alguma explicação melhor?

– Não cheguei a nenhuma conclusão.

– O senhor Sherlock Holmes chegou?

Essas palavras me deixaram sem fôlego por um instante, mas um olhar para o plácido semblante e para os olhos firmes de meu companheiro mostrou que ele não pretendia causar nenhuma surpresa.

– É inútil para nós fingirmos que não o conhecemos, Dr. Watson – disse ele. – Os relatos de seu detetive chegaram até nós, aqui, e o senhor não teria podido celebrá-lo sem se tornar conhecido também. Quando Mortimer me disse seu nome, não pôde negar sua identidade. Se o senhor está aqui, segue-se então que o senhor Sherlock Holmes está interessado no caso, e estou naturalmente curioso em saber que opinião poderia ter.

– Receio não poder responder a essa pergunta.

– Posso lhe perguntar se ele vai nos honrar com a própria visita dele?

– Ele não pode deixar a cidade no momento. Tem outros casos que exigem a atenção dele.

– Que pena! Ele poderia lançar alguma luz sobre o que a nós parece tão obscuro. Mas, quanto a suas próprias investigações, se houver alguma possível maneira de eu lhe ser útil, confio que vai me requisitar. Se eu tivesse alguma indicação da natureza de suas suspeitas ou de como pretende investigar o caso, poderia talvez lhe dar, até mesmo agora, alguma ajuda ou conselho.

– Asseguro-lhe que estou aqui simplesmente de visita a meu amigo, Sir Henry, e que não preciso de nenhum tipo de ajuda.

– Excelente! – disse Stapleton. – Está perfeitamente certo em ser cauteloso e discreto. Estou sendo justamente recriminado pelo que sinto ter sido uma intromissão injustificável e prometo-lhe não mencionar novamente o assunto.

Havíamos chegado a um ponto em que uma trilha estreita, coberta de grama, se desviava da estrada e seguia serpenteando através do pântano. À direita, surgia uma colina íngreme, pontilhada de rochas, que tinha sido, em idos tempos, uma pedreira de granito. A face voltada para nós formava um penhasco escuro, em cujos nichos cresciam avencas e samambaias. De uma elevação distante subia uma nuvem cinzenta de fumaça.

– Uma caminhada moderada ao longo dessa trilha do pântano nos leva à casa Merripit – disse ele. – Talvez disponha de uma hora para que eu possa ter o prazer de apresentá-lo à minha irmã.

Meu primeiro pensamento foi que eu deveria estar ao lado de Sir Henry. Mas então me lembrei da pilha de papéis e contas que cobria a mesa de seu escritório. Tinha certeza de que não poderia ajudá-lo nesse ponto. E Holmes tinha dito expressamente que eu devia estudar os vizinhos do pântano. Aceitei o convite de Stapleton e percorremos a trilha juntos.

– É um lugar maravilhoso, o pântano – disse ele, olhando derredor pelas colinas ondulantes, pelas longas ondas verdes, com cristas de granito denteado, espumando em fantásticos vagalhões. – Não há como se cansar com o pântano. Não pode imaginar que segredos maravilhosos contém. É tão vasto e tão árido, tão misterioso.

– Então o conhece bem?

– Faz apenas dois anos que estou aqui. Os moradores me chamariam de recém-chegado. Chegamos pouco depois que Sir Charles se estabeleceu aqui. Mas meus gostos me levaram a explorar cada recanto dessa região e diria que poucos homens a conhecem melhor do que eu.

– É difícil conhecê-la?

– Muito difícil. Veja, por exemplo, essa grande planície aqui ao norte, com essas colinas esquisitas despontando no meio dela. Observa alguma coisa de notável nisso?

– Seria um lugar extraordinário para um galope.

– Naturalmente, assim é que haveria de pensar e essa ideia já custou várias vidas em tempos passados. Consegue ver aqueles brilhantes pontos verdes que se espalham densamente por toda a extensão?

– Sim, parecem mais férteis que o resto.

Stapleton riu.

– Esse é o grande charco de Grimpen – disse ele. – Um passo em falso ali significa a morte para um homem ou um animal. Ontem mesmo vi um dos pôneis do pântano andando no meio dele. Nunca mais saiu. Durante muito tempo vi a cabeça dele se esticando para fora do brejo, mas finalmente foi tragado por ele. Até mesmo nas estações secas é um perigo atravessá-lo e depois dessas chuvas de outono é um lugar medonho. Ainda assim, consigo penetrar até o coração dele e voltar vivo. Olhe só, lá está mais um desses infelizes pôneis!

Alguma coisa marrom se revolvia e se agitava entre os lárices verdes. E então um longo e agonizante pescoço, retorcendo-se, apontou para fora e um relincho pavoroso ecoou pelo pântano. Fiquei gelado de horror, mas os nervos de meu companheiro pareciam mais fortes que os meus.

– Foi-se! – disse ele. – O charco o tragou. Foram dois em dois dias, e muitos mais, talvez, pois eles se habituam a ir ali no tempo seco e não reconhecem a diferença, até caírem nas garras do charco. É um lugar ruim, o grande charco de Grimpen.

– E diz que consegue penetrar nele?

– Sim, há uma ou duas trilhas que um homem muito ágil pode tomar. Eu descobri as duas.

– Mas por que desejaria entrar num lugar tão horrível?

– Bem, vê aquelas colinas lá ao longe? Na realidade, são ilhas isoladas por todos os lados pelo charco intransponível, que se espalhou em torno delas no decorrer dos anos. É ali que as plantas e as borboletas raras se encontram, se tiver a capacidade de apanhá-las.

– Algum dia, vou tentar a sorte.

Ele me olhou com surpresa.

– Pelo amor de Deus, tire essa ideia da cabeça – disse ele. – Seu sangue cairia sobre minha cabeça. Garanto-lhe que não haveria a menor chance de o senhor voltar vivo. É só porque me lembro de certos complexos pontos de referência que consigo fazer isso.

– Opa! – exclamei. – O que é isso?

Um longo e baixo gemido, indescritivelmente triste, ecoou pelo pântano. Encheu todo o ar e, ainda assim, era impossível saber de onde vinha. De um murmúrio surdo, avolumou-se num rugido profundo e depois esmoreceu novamente num murmúrio melancólico e palpitante. Stapleton olhou para mim com uma expressão curiosa estampada em seu rosto.

– Lugar esquisito, o charco! – disse ele.

– Mas o que é isso?

– Os camponeses dizem que é o Cão dos Baskervilles chamando sua presa. Ouvi isso uma ou duas vezes antes, mas nunca tão alto.

Olhei em volta, com um calafrio de medo em meu coração, para a imensa planície ondulada, pontilhada de manchas verdes de juncos. Nada se movia na vasta extensão, salvo um par de corvos que grasnava alto num rochedo atrás de nós.

– O senhor é um homem instruído. Não acredita em semelhante bobagem como essa – disse eu. – Qual poderia ser a causa de um som tão estranho?

– Charcos fazem barulhos esquisitos às vezes. É a lama se acomodando ou a água subindo ou alguma coisa assim.

– Não, não; era uma voz viva.

– Bem, talvez fosse. Já ouviu uma galinhola-real gritando?

– Não, nunca ouvi.

– É uma ave muito rara... praticamente extinta... na Inglaterra agora, mas todas as coisas são possíveis no pântano. Sim, eu não ficaria surpreso ao saber que o que ouvimos é o grito da última das galinholas-reais.

– É a coisa mais esquisita, mais estranha que já ouvi em minha vida.

– Sim, no fim das contas, não deixa de ser um lugar misterioso. Olhe para aquele lado da colina, mais além. O que acha que são essas coisas?

Toda a encosta íngreme estava coberta por fileiras circulares de pedra cinza, uma boa quantidade delas, pelo menos.

– O que é? Aprisco de ovelhas?

– Não, são casas de nossos honrados ancestrais. O homem pré-histórico povoou densamente o pântano e, como ninguém em particular viveu ali desde então, encontramos seus pequenos arranjos exatamente como eles os deixaram. Ali estão suas cabanas, sem os telhados. Pode até mesmo ver a lareira e o leito, se tiver a curiosidade de entrar.

– Mas é uma verdadeira cidade. Quando foi habitada?

– O homem neolítico... sem data.

– O que fazia ele?

– Pastoreava seus rebanhos nessas encostas e aprendeu a escavar à procura de estanho quando a espada de bronze começou a suplantar o machado de pedra. Olhe para aquela grande trincheira na colina do lado oposto. É a marca dele. Sim, o senhor vai encontrar alguns pontos muito singulares no pântano, Dr. Watson. Oh! Desculpe-me um instante! É certamente uma *Cyclopides*.

Uma pequena mosca ou mariposa tinha esvoaçado por nosso caminho e, num instante, Stapleton estava correndo com extraordinária energia e velocidade no encalço dela. Para minha aflição, a criatura voou diretamente para o grande charco, e meu conhecido não parou por um só momento, saltando de tufo em tufo atrás dela, com sua rede verde se agitando no ar. Suas roupas cinzentas e seu progresso irregular, aos trancos e em ziguezague, o tornavam não muito diferente de uma gigantesca mariposa. Eu fiquei parado, observando sua perseguição com um misto de admiração, por sua extraordinária agilidade, e com medo de que perdesse seu passo no charco traiçoeiro, quando ouvi o som de passos e, voltando-me, vi uma mulher perto de mim, na trilha. Ela vinha da direção em que a nuvem de fumaça indicava a localização da casa Merripit, mas a depressão do pântano a havia escondido até que ela estivesse bem perto.

Não pude duvidar de que fosse a senhorita Stapleton, de quem me haviam falado, uma vez que senhoras de qualquer espécie deviam ser poucas no pântano, e me lembrei de que ouvira alguém descrevê-la como uma beldade. A mulher que se aproximava de mim certamente o era e de um tipo extremamente incomum. Não poderia ter havido maior contraste entre irmão e irmã, pois Stapleton tinha um colorido neutro, com cabelo claro e olhos cinza, enquanto ela era mais escura que qualquer morena que já vi na Inglaterra... esbelta, elegante e alta. Tinha um rosto altivo e finamente talhado, tão regular que poderia parecer impassível, se não fosse pela boca sensual e pelos lindos e irrequietos olhos escuros. Com seu talhe perfeito e vestido elegante era, na verdade, uma estranha aparição numa trilha solitária de um terreno pantanoso. Os olhos dela estavam fixos no irmão quando me virei; e, então, ela apressou seu passo em direção a mim. Eu tirei o chapéu e estava prestes a dar alguma explicação quando suas próprias palavras impeliram todos os meus pensamentos para uma nova direção.

– Volte! – disse ela. – Volte direto para Londres, imediatamente.

Só pude fitá-la, em estúpida surpresa. Seus olhos faiscavam, fitando-me, e batia impacientemente os pés no chão.

– Por que deveria voltar?

– Não posso explicar. – Falava em voz baixa e ansiosa, com um curioso cicio em sua pronúncia. – Mas, pelo amor de Deus, faça o que estou pedindo. Volte e nunca mais ponha os pés no pântano.

– Mas eu acabo de chegar.

– Oh, não! – exclamou ela. – Não consegue perceber quando um aviso é para seu próprio bem? Volte para Londres! Parta hoje à noite! Saia deste lugar a qualquer custo!

Silêncio, meu irmão está vindo! Nem uma palavra do que eu disse. Incomoda-se em apanhar para mim aquela orquídea entre as cavalinhas ali adiante? Temos muitas orquídeas no pântano, embora, é claro, o senhor tenha chegado bastante tarde para ver as belezas do lugar.

Stapleton tinha abandonado a caça e voltou para junto de nós, ofegante e corado por causa de seu esforço.

– Olá, Beryl – disse ele, e me pareceu que o tom da saudação dele não era de todo cordial.

– Bem, Jack, você está vermelho como brasa.

– Sim, estava caçando uma *Cyclopides*. Ela é muito rara e dificilmente encontrada no final do outono. Que pena tê-la perdido! – Falava num tom despreocupado, mas seus pequenos olhos claros passeavam incessantemente da moça para mim.

– Posso ver que já se apresentaram.

– Sim. Eu estava dizendo a Sir Henry que está muito tarde para ele ver as verdadeiras belezas do pântano.

– Ora, quem você pensa que esse senhor é?

– Imagino que deve ser Sir Henry Baskerville.

– Não, não – disse eu. – Apenas um humilde homem do povo, mas amigo dele. Meu nome é Dr. Watson.

Um rubor de vexame perpassou pelo rosto expressivo dela.

– Estávamos falando de coisas um tanto confusas – disse ela.

– Ora, não tiveram muito tempo para conversar – observou o irmão dela com os mesmos olhos inquisitivos.

– Falei como se o Dr. Watson fosse um morador e não meramente um visitante – disse ela. – Não pode ser muito importante para ele se é cedo ou tarde para as orquídeas. Mas o senhor virá ver a casa Merripit, não é?

Uma curta caminhada nos levou até ela, uma triste casa dos arredores do pântano, uma vez a fazenda de algum criador de gado nos velhos tempos de prosperidade, mas agora restaurada e transformada numa residência moderna. Era cercada por um pomar, mas as árvores, como é usual no pântano, eram raquíticas e estioladas, e o aspecto geral do lugar, pobre e melancólico. Fomos recebidos por um velho criado estranho, mirrado e vestindo um casaco desbotado, que parecia combinar com a casa. Dentro, no entanto, havia amplos aposentos, mobiliados com elegância, em que me parecia reconhecer o gosto da senhora. Ao olhar pela janela para o interminável pântano salpicado de granito que ondulava ininterruptamente até o horizonte mais distante, não pude deixar de me perguntar o que teria levado esse homem altamente instruído e essa bela mulher a viverem em semelhante lugar.

– Lugar esquisito para se escolher, não é? – disse ele, como que em resposta a meu pensamento. – E, ainda assim, conseguimos viver razoavelmente felizes, não é, Beryl?

– Muito felizes – disse ela, mas não se percebia convicção nas suas palavras.

– Eu tive uma escola – disse Stapleton. – Ficava no norte do país. O trabalho, para um homem com meu temperamento, era mecânico e desinteressante, mas o privilégio de conviver com os jovens, de ajudar a moldar aquelas mentes jovens e influenciá-las com o próprio caráter e ideais da gente me era muito caro. Só que o destino estava contra nós. Uma grave epidemia irrompeu na escola e três dos meninos morreram. Nunca consegui recuperá-la do golpe e grande parte de meu capital foi irreparavelmente engolido. Mesmo assim, se não fosse pela perda da encantadora companhia dos meninos, eu poderia me regozijar com meu infortúnio, pois, com minhas fortes inclinações por botânica e zoologia, encontro um ilimitado campo de trabalho aqui, e minha irmã é tão devotada à natureza como eu. Tudo isso, Dr. Watson, foi trazido à tona pela expressão com que contemplou o pântano de nossa janela.

– Certamente passou por minha mente que isso poderia ser um pouco tedioso... menos para o senhor, talvez, do que para sua irmã.

– Não, não; nunca me sinto entediada – disse ela, rapidamente.

– Temos livros, temos nossos estudos e temos vizinhos interessantes. O Dr. Mortimer é um homem muito culto em sua própria área. O pobre Sir Charles também era um companheiro admirável. Nós o conhecíamos bem e sentimos falta dele mais do que posso expressar. Acha que me comportaria como intruso, se eu fizesse uma visita hoje à tarde a Sir Henry para conhecê-lo?

– Tenho certeza de que ele ficaria muito contente.

– Então, talvez, o senhor possa mencionar que pretendo fazer isso. Podemos, à nossa maneira humilde, fazer algo para tornar as coisas mais fáceis para ele até que se acostume com seu novo ambiente. Gostaria de subir, Dr. Watson, e examinar minha coleção de *Lepidoptera*? Acho que é a mais completa no sudoeste da Inglaterra. Quando tiver acabado de vê-las, o almoço deverá estar quase pronto.

Mas eu estava ansioso para voltar a meu posto. A melancolia do pântano, a morte do infeliz pônei, o estranho som que havia sido associado à lúgubre lenda dos Baskervilles, todas essas coisas tingiam de tristeza meus pensamentos. Depois, no topo dessas mais ou menos vagas impressões, viera o aviso categórico e distinto da senhorita Stapleton, transmitido com tão intensa seriedade que eu não podia duvidar que houvesse por trás dele uma razão grave e profunda. Resisti a todas essas pressões para ficar para o almoço e comecei imediatamente minha caminhada de volta, tomando a trilha relvada por onde tínhamos vindo.

Parece, no entanto, que devia haver algum atalho para os que o conheciam, pois, antes de chegar à estrada, fiquei atônito ao ver a senhorita Stapleton sentada num rochedo ao lado da trilha. O rosto dela estava lindamente corado pelo esforço em me alcançar e mantinha a mão pendendo junto ao corpo.

– Corri até aqui para interceptá-lo, Dr. Watson – disse ela. – Não tive tempo nem de pôr o chapéu. Não posso parar ou meu irmão daria por minha falta. Queria lhe dizer que lamento imensamente o erro estúpido que cometi, ao pensar que o senhor fosse Sir Henry. Por favor, esqueça as palavras que eu disse, que não se aplicam de forma alguma ao senhor.

– Mas não posso esquecê-las, senhorita Stapleton – respondi. – Sou amigo de Sir Henry, e o bem-estar dele me interessa profundamente. Diga-me por que estava tão ansiosa para que Sir Henry voltasse para Londres.

– Um capricho de mulher, Dr. Watson. Quando me conhecer melhor, haverá de compreender que nem sempre posso dar razões para o que digo ou faço.

– Não, não. Lembro-me da emoção em sua voz. Lembro-me de seu olhar. Por favor, por favor, seja franca comigo, senhorita Stapleton, pois, desde que cheguei aqui, tenho consciência de sombras à minha volta. A vida se tornou como aquele grande charco de Grimpen, com pequenas manchas verdes por toda parte, no qual podemos soçobrar, sem nenhum guia para apontar a trilha. Diga-me, então, o que queria dizer com isso e prometo transmitir seu aviso a Sir Henry.

Uma expressão de indecisão passou por um instante por seu rosto, mas seus olhos se haviam endurecido de novo quando me respondeu.

– Dá demasiada importância a isso, Dr. Watson – disse ela. – Meu irmão e eu ficamos muito chocados com a morte de Sir Charles. Nós o conhecíamos intimamente, pois sua caminhada favorita era vir até nossa casa através do pântano. Ele estava profundamente impressionado com a maldição que pairava sobre a família dele e, quando essa tragédia aconteceu, senti naturalmente que devia haver algum fundamento para os temores que ele expressava. Fiquei aflita, portanto, quando outro membro da família veio morar aqui e achei que ele devia ser avisado do perigo que vai estar correndo. Isso era tudo o que eu pretendia transmitir.

– Mas qual é o perigo?

– Conhece a história do cão?

– Não acredito nessa bobagem.

– Mas eu sim. Se o senhor tiver alguma influência junto a Sir Henry, leve-o embora de um lugar que sempre foi fatal para a família dele. O mundo é grande. Por que desejaria ele viver no lugar de perigo?

– Porque é o lugar de perigo. Essa é a natureza de Sir Henry. Receio que, salvo se possa me dar alguma informação mais precisa que esta, vá ser impossível convencê-lo a se mudar.

– Não posso dizer nada de preciso, porque não sei nada de preciso.

– Eu lhe faria mais uma pergunta, senhorita Stapleton. Se não queria dizer nada mais que isso quando me falou pela primeira vez, por que não quis que seu irmão ouvisse o que dizia? Não é nada a que ele, ou qualquer outra pessoa, pudesse objetar.

– Meu irmão está muito ansioso para ver a mansão habitada, pois pensa que isso é bom para os pobres que moram em torno do pântano. Ficaria muito zangado se soubesse que eu havia dito alguma coisa que pudesse induzir Sir Henry a ir embora. Mas já cumpri meu dever e não vou dizer mais nada. Tenho de voltar ou ele dará por minha falta e vai desconfiar que estive com o senhor. Adeus!

Ela se virou e, em poucos minutos, havia desaparecido entre os rochedos dispersos, enquanto eu, com a alma cheia de vagos temores, segui meu caminho para a mansão Baskerville.

Capítulo VIII

O primeiro relatório do Dr. Watson

Deste ponto em diante, seguirei o curso dos fatos, transcrevendo minhas próprias cartas ao senhor Sherlock Holmes, que se encontram diante de mim sobre a mesa. Está faltando uma página, mas, salvo isso, elas estão exatamente como foram escritas e revelam meus sentimentos e suspeitas do momento, de modo mais acurado que minha memória, por mais clara que seja sobre esses trágicos eventos, poderia fazer.

Mansão Baskerville, 13 de outubro

Meu caro Holmes

Minhas cartas e telegramas anteriores o mantiveram bastante atualizado de tudo o que ocorreu neste canto do mundo tão esquecido por Deus. Quanto mais tempo passamos aqui, mais o espírito do pântano, sua vastidão e também seu lúgubre encanto penetram em nossa alma. Uma vez em seu seio, deixamos para trás todos os vestígios da moderna Inglaterra, mas, por outro lado, tomamos consciência em toda parte dos lares e do trabalho do povo pré-histórico. Por onde quer que andemos, encontramos as casas desse povo esquecido, com seus túmulos e os imensos monólitos, que, como se supõe, caracterizavam seus templos. Ao contemplar suas cabanas de pedra cinzenta nas encostas cheias de cicatrizes, deixamos nosso próprio tempo para trás e, se víssemos um homem peludo, trajando peles, rastejar para fora da baixa porta, ajeitando uma flecha com ponta de pedra em seu arco, sua presença ali nos pareceria mais natural que a nossa própria. O estranho é que tenham vivido em tão grande número no que deve ter sido sempre um solo extremamente estéril. Não sou um estudioso de antiguidades, mas poderia imaginar que eles fossem uma raça não afeita à guerra e saqueada, que foi forçada a aceitar terras que ninguém mais haveria de ocupar.

Tudo isso, no entanto, é estranho à missão que você me confiou e, provavelmente, será muito desinteressante para sua mente escrupulosamente prática. Ainda posso me lembrar de sua completa indiferença quanto a saber se o Sol gira em torno da Terra ou a Terra em torno do Sol. Deixe-me, portanto, retornar aos fatos relacionados a Sir Henry Baskerville.

Se não recebeu nenhum relatório nos últimos dias, é porque até hoje não houve nada de importante para relatar. Depois ocorreu uma circunstância muito surpreendente, que haverei de contá-la no devido tempo. Antes de tudo, porém, devo deixá-lo ao corrente de alguns outros fatores na situação.

Um destes, com relação ao qual pouco falei, é o prisioneiro fugitivo no pântano. Há fortes motivos agora para acreditar que ele foi embora, o que é um considerável alívio para os chefes de família isolados desse distrito. Passaram-se quinze dias desde a fuga dele, durante os quais ele não foi visto e nada se ouviu a respeito dele. É certamente inconcebível que tenha resistido no pântano durante todo esse tempo. É claro que ele não teria tido absolutamente dificuldade alguma para se esconder. Qualquer uma dessas cabanas de pedra teria lhe proporcionado um esconderijo. Mas não há nada para comer, a não ser que ele apanhasse e abatesse uma das ovelhas do pântano. Pensamos, portanto, que ele foi embora e, em decorrência, os fazendeiros das redondezas têm dormido melhor.

Como nesta casa somos quatro homens robustos, podemos cuidar bem de nós mesmos, mas confesso que tive momentos intranquilos ao pensar nos Stapletons. Eles vivem a milhas de qualquer ajuda. Há uma criada e um velho serviçal, a irmã e o irmão; este último não é um homem muito forte. Eles se sentiriam impotentes nas mãos de um sujeito desesperado como esse criminoso de Notting Hill, se ele conseguisse entrar lá. Sir Henry e eu ficamos preocupados com a situação deles e foi sugerido que Perkins, o cavalariço, fosse dormir lá, mas Stapleton não quis nem ouvir falar disso.

O fato é que nosso amigo, o baronete, começa a manifestar considerável interesse por nossa linda vizinha. Não é de admirar, pois o tempo custa a passar neste lugar solitário para um homem ativo como ele, e ela é uma mulher muito bonita e fascinante. Há algo de tropical e exótico nela, o que contrasta singularmente com o frio e impassível irmão dela. Mesmo assim, ele também dá a ideia de um temperamento inflamável. Certamente, exerce uma influência marcante sobre ela, pois a vi olhar continuamente de soslaio para ele enquanto falava, como se procurasse aprovação para o que ela dizia. Há um brilho seco nos olhos dele e uma dureza em seus lábios finos, que condizem com uma natureza pragmática e possivelmente severa. Você o consideraria um estudo interessante.

Ele veio visitar Baskerville naquele primeiro dia e já na manhã seguinte nos levou a nós dois até o lugar onde a lenda do cruel Hugo teria, supostamente, se originado. Foi uma excursão de algumas milhas através do pântano até um lugar que é tão lúgubre que poderia ter sugerido a história. Encontramos um curto vale entre rochedos escarpados, que levava a um espaço aberto e relvado, salpicado com o branco erióforo. No meio dele erguiam-se duas grandes pedras, tão gastas e afiladas na extremidade superior que se assemelhavam às presas imensas e corroídas de um animal monstruoso. Sob todos os aspectos, o local correspondia à cena da antiga tragédia. Sir Henry estava muito interessado e perguntou a Stapleton, mais de uma vez, se ele realmente acreditava na possibilidade da interferência do sobrenatural nos assuntos dos homens. Falava com certa indiferença, mas era evidente que levava a coisa a sério. Stapleton foi reservado em suas respostas, mas era fácil ver que falava menos do que podia e que não queria expressar sua opinião total e clara, em consideração aos sentimentos do baronete. Contou-nos casos similares, em que famílias haviam sofrido alguma influência maligna e nos deixou com a impressão de que compartilhava com a visão popular sobre o assunto.

No caminho de volta, paramos para almoçar na casa Merripit e foi ali que Sir Henry conheceu a senhorita Stapleton. Desde o primeiro momento em que a viu, pareceu fortemente atraído por ela e estaria muito enganado se o sentimento não foi mútuo. Ele se referiu a ela repetidas vezes em nossa caminhada de volta para casa e, desde então, dificilmente se passou um dia sem que víssemos o irmão ou a irmã. Eles virão jantar aqui esta noite, e fala-se que iremos jantar com eles na próxima semana. Seria de imaginar que um casamento como esse fosse muito bem-vindo para Stapleton e, mesmo assim, mais de uma vez captei um olhar da mais severa desaprovação no rosto dele quando Sir Henry dava alguma atenção à sua irmã. Ele é muito apegado a ela, sem dúvida, e haveria de levar uma vida solitária sem ela, mas pareceria o cúmulo do egoísmo se viesse a impedi-la de realizar um casamento tão brilhante. Estou certo, no entanto, de que ele não deseja que a intimidade dos dois evolua para amor e observei várias vezes que se empenha para impedi-los de ficarem a sós. A propósito, suas instruções para que eu nunca permita que Sir Henry saia sozinho se tornarão muito mais onerosas, se um caso de amor vier a se acrescentar a nossas outras dificuldades. A estima de que gozo logo sofreria, se eu levasse suas ordens ao pé da letra.

Outro dia, quinta-feira, para ser mais exato, o Dr. Mortimer almoçou conosco. Ele andou escavando um túmulo em Long Down e encontrou um crânio pré-histórico, que o enche de imensa alegria. Nunca houve um entusiasta tão decidido como ele! Os Stapletons chegaram mais tarde, e o bondoso médico nos levou a todos à alameda dos teixos, a pedido de Sir Henry, para nos mostrar exatamente como tudo ocorreu naquela noite fatal. É uma longa e lúgubre alameda, entre duas altas paredes de sebe cerrada, com uma estreita faixa de relva de cada lado. Na extremidade oposta há uma velha casa de verão em ruínas. A meio caminho fica o portão do pântano, onde o velho cavalheiro deixou cair a cinza do charuto. É um portão branco, de madeira, com um trinco. Do outro lado, se estende o imenso pântano. Lembrei-me de sua teoria sobre o caso e tentei imaginar tudo o que tinha acontecido. Quando o velho estava parado ali, viu alguma coisa se aproximando através do pântano, algo que o aterrorizou de tal forma que ele perdeu o juízo e saiu correndo sem parar, até morrer de puro horror e exaustão. Lá estava o longo e escuro corredor por onde ele fugiu. E de quê? De um cão pastor do pântano? Ou de um cão espectral, preto, silencioso e monstruoso? Teria havido interferência humana no caso? O pálido e atento Barrymore sabia mais do que queria dizer? Tudo era obscuro e vago, mas há sempre a sombra escura do crime por trás disso.

Conheci outro vizinho desde que lhe escrevi pela última vez. Trata-se do senhor Frankland, da mansão Lafter, que mora a cerca de 4 milhas ao sul de onde estamos. É um homem idoso, de rosto vermelho, cabelo branco e colérico. Sua paixão é o Direito inglês e gastou uma grande fortuna em litígios. Briga pelo mero prazer de brigar e está igualmente pronto a defender qualquer lado de uma questão, de modo que não é de se admirar que ele a tenha julgado uma custosa diversão. Às vezes ele fecha um direito de passagem por um local e desafia a paróquia a forçá-lo a reabri

-lo. Outras vezes, destrói com as próprias mãos o portão de outro homem e declara que ali existia um caminho desde tempos imemoriais, desafiando o dono a processá-lo por violação de propriedade. É especialista em antigos direitos senhoriais e comunais, e aplica seus conhecimentos, por vezes, em favor dos aldeões de Fernworthy, por vezes contra eles, de modo que é periodicamente carregado em triunfo pela rua da aldeia ou queimado em efígie, de acordo com seu último feito. Dizem que tem cerca de sete ações judiciais em mãos neste momento, o que provavelmente vai engolir o resto de sua fortuna, arrancando-lhe assim o ferrão e deixando-o inofensivo para o futuro. À parte o Direito, ele parece uma pessoa bondosa e agradável, e só o menciono porque você insistiu que eu deveria enviar uma descrição das pessoas que nos cercam. Ele se dedica, no momento, a uma atividade curiosa, pois, sendo astrônomo amador, possui um excelente telescópio, com o qual fica no telhado da casa dele e varre o pântano o dia todo, na esperança de captar de relance o prisioneiro fugitivo. Se limitasse suas energias a isso, tudo estaria bem, mas correm rumores de que pretende processar o Dr. Mortimer por abrir uma sepultura sem o consentimento do parente mais próximo, porque desenterrou o crânio neolítico num túmulo em Long Down. Ele ajuda a impedir que nossas vidas se tornem monótonas e nos proporciona um pequeno lenitivo cômico, quando é extremamente necessário.

E agora, tendo-o deixado a par a respeito do prisioneiro fugitivo, dos Stapletons, do Dr. Mortimer e de Frankland, da mansão Lafter, deixe-me terminar com o que é mais importante e contar-lhe mais sobre os Barrymores, especialmente sobre a surpreendente ocorrência de ontem à noite.

Em primeiro lugar, sobre o telegrama de verificação que você enviou de Londres para se certificar de que Barrymore estava realmente aqui. Já expliquei que o depoimento do agente do correio mostra que o teste foi inútil e que não temos nenhuma prova de uma forma ou de outra. Eu contei a Sir Henry em que pé estava a questão, e ele, imediatamente, em seu modo de agir inequívoco, mandou chamar Barrymore e lhe perguntou se havia recebido o telegrama pessoalmente. Barrymore disse que sim.

– O menino o entregou em suas próprias mãos? – perguntou Sir Henry.

Barrymore pareceu surpreso e pensou por um breve tempo.

– Não – respondeu. – Eu estava no quarto de material no momento, e minha mulher o levou para mim.

– Você mesmo o respondeu?

– Não. Disse à minha mulher o que deveria responder e ela desceu para redigi-lo.

À noite, ele voltou ao assunto por iniciativa própria.

– Não pude entender muito bem o objetivo de suas perguntas esta manhã, Sir Henry – disse ele. – Espero que não signifiquem que fiz alguma coisa para perder sua confiança.

Sir Henry teve de lhe garantir que não se tratava disso e o tranquilizou dando-lhe uma parte considerável de seu velho guarda-roupa, agora que todo o enxoval de Londres havia chegado.

A senhora Barrymore é de interesse para mim. É uma pessoa pesada e corpulenta, muito limitada, extremamente respeitável e inclinada a ser puritana. Dificilmente se poderia conceber alguém menos emotivo. Mesmo assim, lhe contei como, na primeira noite aqui, eu a ouvi soluçar amargamente e, desde então, observei mais de uma vez vestígios de lágrimas em seu rosto. Alguma dor profunda está sempre atormentando o coração dela. Às vezes me pergunto se a lembrança de alguma culpa a persegue e, às vezes, desconfio que Barrymore é um tirano doméstico. Sempre tive a impressão de que havia algo de singular e questionável no caráter desse homem, mas a aventura da noite passada multiplica todas as minhas suspeitas.

Ainda assim, isso pode parecer uma questão insignificante em si. Você sabe que não tenho o sono muito pesado e, desde que estou de guarda nesta casa, meus cochilos têm sido mais leves que nunca. Na noite passada, em torno das 2 horas da madrugada, fui despertado por passos furtivos na frente de meu quarto. Levantei-me, abri a porta e espiei. Uma longa sombra preta seguia pelo corredor. Era projetada por um homem que caminhava lentamente pela passagem, com uma vela na mão. Ele estava de calça e camisa, sem nada nos pés. Pude ver apenas a silhueta, mas a altura me revelou que era Barrymore. Andava muito devagar e com todo o cuidado, e havia algo de indescritivelmente culpado e furtivo em toda a aparência dele.

Contei-lhe que o corredor é interrompido pelo balcão que contorna o saguão, mas continua do outro lado. Esperei até que ele ficasse fora de vista e então o segui. Quando cheguei perto do balcão, ele já havia atingido a extremidade do outro corredor e pude ver, pela luz fraca que vinha de uma porta aberta, que tinha entrado num dos quartos. Ora, como todos esses quartos estão sem mobília e desocupados, aquela expedição se tornou mais misteriosa que nunca. O brilho da luz se mantinha firme, como se ele estivesse parado. Avancei lentamente pelo corredor, sem fazer qualquer ruído, e espiei pelo canto da porta.

Barrymore estava curvado junto da janela e segurava a vela contra a vidraça. Ele estava virado de perfil para mim e seu rosto parecia rígido de expectativa enquanto olhava fixamente para fora, na escuridão do pântano. Por alguns minutos ficou olhando atentamente. Depois soltou um profundo gemido e, com um gesto impaciente, apagou a vela. Voltei no mesmo instante para meu quarto e logo depois ouvi mais uma vez os passos secretos, seguindo na outra direção. Muito tempo depois, quando eu tinha caído num sono leve, ouvi uma chave girando numa fechadura em algum lugar, mas não consegui distinguir de onde vinha o som. Não posso imaginar o que tudo isso significa, entretanto, há alguma atividade secreta nesta casa soturna, a cujo âmago vamos chegar, mais cedo ou mais tarde. Não o perturbo com minhas teorias, pois você me pediu para lhe fornecer somente fatos. Tive uma longa conversa com Sir Henry esta manhã e traçamos um plano de campana, baseado em minhas observações da noite passada. Não vou descrevê-lo agora, mas haverá de fazer de meu próximo relatório uma leitura interessante.

Capítulo IX

A luz no pântano
(O segundo relatório do Dr. Watson)

Mansão Baskerville, 15 de outubro

Meu caro Holmes

Se fui compelido a deixá-lo sem muitas notícias durante os primeiros dias de minha missão, você deve saber que me proponho a compensar o tempo perdido e que agora os acontecimentos estão se acumulando em abundância e rapidamente diante de nós. Em meu último relatório, terminei com uma nota final sobre Barrymore junto da janela; e agora já tenho um estoque inteiro que, a menos que esteja muito enganado, vai surpreendê-lo consideravelmente. As coisas tomaram um rumo que eu não poderia ter previsto. Sob certos aspectos, elas se tornaram mais claras nas últimas 48 horas e, sob outros, se tornaram mais complicadas. Mas vou lhe contar tudo e você poderá julgar por si mesmo.

Antes do café, na manhã seguinte à minha aventura, fui até o fim do corredor e examinei o quarto em que Barrymore estivera na noite anterior. Notei que a janela oeste, através da qual ele olhava tão atentamente, tem uma peculiaridade que a distingue de todas as outras janelas da casa. Domina a vista mais próxima do pântano. Há uma abertura entre duas árvores que permite a alguém, desse ponto, olhar diretamente para o pântano, enquanto, de todas as outras janelas, só se pode obter uma visão distante do mesmo. Segue-se, portanto, que Barrymore, visto que somente essa janela serviria ao propósito dele, devia estar à procura de alguma coisa ou de alguém no pântano. Como a noite estava muito escura, dificilmente poderia imaginar como é que ele esperava ver alguém. Ocorreu-me que seria possível que alguma intriga amorosa estivesse em andamento. Isso teria explicado seus movimentos furtivos e também a inquietação da mulher dele. Como ele é um sujeito de aparência marcante, muito bem-apessoado para roubar o coração de uma moça do campo, essa teoria me pareceu ter algum fundamento. Aquela porta se abrindo, como ouvi depois de voltar para meu quarto, poderia significar que ele tinha saído para algum encontro clandestino. Assim pensei comigo mesmo pela manhã e lhe conto o rumo de minhas suspeitas, por mais que o resultado possa ter mostrado que elas eram infundadas.

Mas fosse qual fosse a verdadeira explicação dos movimentos de Barrymore, senti que a responsabilidade de guardá-los para mim, até que pudesse explicá-los, era mais do que eu podia suportar. Tive uma conversa com o baronete em seu escritório, depois do café da manhã, e lhe contei tudo o que havia visto. Ele ficou menos surpreso do que eu esperava.

– Eu sabia que Barrymore perambulava durante a noite e tive vontade de falar com ele a respeito – disse ele. – Duas ou três vezes ouvi os passos dele no corredor, indo e vindo, justamente em torno da hora que você menciona.

– Então talvez ele faça uma visita todas as noites àquela janela em particular – sugeri.

– Talvez o faça. Nesse caso, poderíamos segui-lo e descobrir o que procura. Gostaria de saber o que seu amigo Holmes faria se estivesse aqui.

– Acredito que faria exatamente o que sugere agora – disse eu. –

Ele haveria de seguir Barrymore para ver o que fazia.

– Então vamos fazer isso juntos.

– Mas certamente ele vai nos ouvir.

– O homem é um tanto surdo e, de qualquer modo, temos de aproveitar a ocasião. Vamos ficar em meu quarto esta noite e esperar até que ele passe.

Sir Henry esfregou as mãos com prazer e era evidente que ele ansiava pela aventura como um alívio para a vida um tanto monótona que levava à beira do pântano.

O baronete entrou em contato com o arquiteto que preparara os projetos para Sir Charles e com um empreiteiro de Londres, de modo que podemos esperar por grandes mudanças, que logo vão começar por aqui. Vieram para cá decoradores e vendedores de móveis de Plymouth e é evidente que nosso amigo tem grandes ideias e não pretende poupar esforços ou despesas para restaurar a grandeza da família dele. Quando a casa estiver renovada e redecorada, tudo de que ele vai precisar é de uma esposa para deixá-la completa. Entre nós, há sinais bastante claros de que isso não vai faltar, se a jovem dama estiver disposta, pois raramente vi um homem mais apaixonado por uma mulher do que ele por nossa bela vizinha, a senhorita Stapleton. E, mesmo assim, o curso do verdadeiro amor não flui tão suavemente como se poderia esperar nas circunstâncias. Hoje, por exemplo, sua superfície foi quebrada por uma agitação de todo inesperada, que causou a nosso amigo considerável perplexidade e aborrecimento.

Depois da conversa que citei sobre Barrymore, Sir Henry pôs o chapéu e se preparou para sair. Evidentemente, fiz o mesmo.

– O que, você vem também, Watson? – perguntou ele, olhando-me de maneira curiosa.

– Depende se estiver se dirigindo para o pântano – respondi.

– Sim, vou para lá.

– Bem, você sabe as instruções que recebi. Lamento me intrometer, mas ouviu como Holmes insistiu seriamente para que eu não o deixasse e, especialmente, que você não deveria ir sozinho ao pântano.

Sir Henry pôs a mão em meu ombro com um sorriso agradável.

– Meu caro amigo – disse ele –, Holmes, com toda a sabedoria dele, não previu certas coisas que aconteceram desde que vim para os lados do pântano. Você me compreende? Tenho certeza de que você é o último homem do mundo que desejaria ser um estraga-prazeres. Devo ir sozinho.

Isso me deixou numa posição extremamente embaraçosa. Não sabia o que dizer ou fazer e, antes que eu tivesse tomado uma decisão, ele tomou a bengala e saiu.

Mas, quando passei a refletir sobre o assunto, minha consciência me recriminou severamente por ter permitido, sob qualquer pretexto, que ele sumisse de minha vista. Imaginei quais seriam meus sentimentos, se tivesse de voltar a você e confessar que algum infortúnio havia ocorrido por causa de minha desconsideração por suas instruções. Garanto-lhe que minhas faces coraram só de pensar nisso. Achando que não seria tarde demais para poder alcançá-lo, parti imediatamente na direção da casa Merripit.

Corri ao longo da estrada, a toda velocidade, sem ver qualquer sinal de Sir Henry, até que cheguei ao ponto em que a trilha do pântano se bifurca. Ali, temendo que talvez tivesse tomado, no fim das contas, a direção errada, subi numa colina, de onde podia ter uma ampla visão... a mesma colina cortada pela pedreira escura. Dali eu o vi imediatamente. Estava na trilha do pântano, a cerca de um quarto de milha de distância, tendo a seu lado uma dama, que só podia ser a senhorita Stapleton. Era claro que já havia algum entendimento entre eles e que tinham marcado aquele encontro. Estavam caminhando lentamente, conversando animadamente, e eu a vi fazer pequenos e rápidos movimentos com as mãos, como se transmitisse algo muito sério no que dizia, enquanto ele ouvia atentamente, e uma ou duas vezes sacudiu a cabeça em veemente discordância. Fiquei entre as rochas observando-os, sem saber o que deveria fazer depois. Segui-los e intrometer-me em sua conversa íntima parecia um ultraje; mesmo assim, meu dever era claramente nunca perdê-lo de vista, nem por um só instante. Agir como o espião de um amigo era uma tarefa odiosa. Apesar disso, não via alternativa melhor do que observá-lo da colina e depois limpar minha consciência confessandolhe o que eu havia feito. É verdade que, se algum perigo súbito o ameaçasse, eu estava longe demais para ser útil, mas tenho certeza de que vai concordar que a situação era muito difícil e que não havia mais nada que eu pudesse fazer.

Nosso amigo Sir Henry e a dama haviam parado na trilha e estavam de pé, profundamente absorvidos na conversa, quando percebi subitamente que eu não era a única testemunha do colóquio deles. Um fragmento verde flutuando no ar atraiu meu olhar e outro relance me revelou que era carregado, preso a uma vara, por um homem que se movia pelo terreno acidentado. Era Stapleton com sua rede de caçar borboletas. Estava muito mais perto do casal do que eu e parecia que estava se movendo na direção deles. Nesse instante, Sir Henry puxou repentinamente a senhorita Stapleton para junto de si. O braço dele a envolveu, mas me pareceu que ela tentava se desvencilhar dele, desviando o rosto. Ele inclinou a cabeça para a dela, mas ela ergueu uma das mãos, como que em protesto. No momento seguinte, eu os vi se separando de repente e voltando-se às pressas. Stapleton foi a causa da interrupção. Ele corria velozmente na direção deles, com sua absurda rede balançando atrás. Gesticulou e quase dançou, tamanha era sua agitação diante dos namorados. Não consegui imaginar o que significava aquela cena, mas me parecia que Stapleton estava ofendendo Sir Henry, que, por sua vez, dava explicações; essas se tornavam sempre mais inflamadas à medida que o outro se recusava a aceitá-las.

A dama permanecia ao lado num silêncio insolente. Finalmente, Stapleton deu meia-volta e acenou de maneira categórica para a irmã, que, depois de um olhar indeciso para Sir Henry, se afastou, ao lado do irmão. Os gestos irritados do naturalista mostraram que também a dama estava incluída em seu desagrado. O baronete ficou parado por um minuto, olhando para eles, e depois foi embora devagar, voltando pelo caminho pelo qual viera, de cabeça pendente, a própria imagem do abatimento.

Eu não podia imaginar o que tudo isso significava, mas estava profundamente envergonhado por ter testemunhado cena tão íntima sem o conhecimento de meu amigo. Por isso corri colina abaixo e me encontrei com o baronete no sopé da mesma. O rosto dele estava rubro de raiva e as sobrancelhas franzidas, como alguém que não tem a menor ideia do que fazer.

– Olá, Watson! De onde você caiu? – perguntou ele. – Não venha me dizer que veio atrás de mim, malgrado tudo!

Expliquei-lhe tudo: como tinha achado impossível ficar para trás, como o havia seguido e como havia testemunhado tudo o que tinha ocorrido. Por um instante, os olhos dele me fuzilaram, mas minha franqueza desarmou a raiva dele e, finalmente, acabou dando uma risada um tanto sentida.

– Era de crer que o coração dessa pradaria fosse um lugar bastante seguro para um homem gozar de sua privacidade – disse ele –, mas, com os diabos, parece que a região inteira saiu para vir me ver fazendo a corte... e uma corte tão sem graça! Onde você arranjou um lugar?

– Eu estava naquela colina.

– Exatamente na última fila, é? Mas o irmão dela estava bem na frente. Você o viu surgir à nossa frente?

– Sim, vi.

– Alguma vez lhe deu a impressão que é louco... esse irmão dela?

– Não posso afirmar isso.

– Certamente não. Eu sempre o achei bastante ajuizado até hoje, mas ouça bem o que estou dizendo, ele ou eu deveria estar numa camisa de força. Que há de errado comigo, afinal? Você tem vivido perto de mim por algumas semanas, Watson. Diga-me abertamente, agora! Há alguma coisa que me impediria de ser um bom marido para uma mulher que eu amasse?

– Eu diria que não.

– Como ele não pode ter objeções quanto à minha posição social, deve ser de mim mesmo que sente raiva. Que tem ele contra mim? Nunca fiz mal a um homem ou a uma mulher em minha vida, que eu saiba. Assim mesmo, ele não haveria de me permitir tocar nem ao menos as pontas dos dedos dela.

– Ele disse isso?

– Isso e muito mais. Vou lhe dizer, Watson, faz apenas poucas semanas que a conheço, mas desde o início senti realmente que ela foi feita para mim, e ela também... ela se sentia feliz quando estava comigo, e isso eu posso jurar. Há uma luz nos olhos de uma mulher que fala mais alto que palavras. Mas ele nunca permitiu que ficássemos juntos e somente hoje, pela primeira vez, vi uma oportunidade de trocar algumas palavras a sós com ela. Estava contente por me encontrar, mas quando chegou não era de amor que pretendia falar e não me teria deixado falar também, se ela tivesse podido impedir. Ficou repetindo que este era um lugar de perigo e que nunca se sentiria feliz até que eu partisse. Disse-lhe que, depois de tê-la visto, não tinha nenhuma pressa de partir e que, se ela realmente quisesse que eu fosse embora, a única maneira de conseguir isso seria a de se preparar para ir comigo. Com isso, me ofereci com todas as palavras para me casar com ela, mas, antes que ela pudesse responder, apareceu esse irmão dela, correndo para nós com o rosto transtornado como um louco. Estava simplesmente branco de raiva e aqueles olhos claros dele chamejavam de fúria. O que eu estava fazendo com a senhorita?

Como ousava dispensar-lhe atenções que lhe eram desagradáveis? Achava eu que, por ser um baronete, poderia fazer o que bem quisesse? Se ele não fosse irmão dela, eu teria tido uma resposta melhor para lhe dar. De qualquer forma, disse-lhe que meus sentimentos pela irmã dele eram tais que não me envergonhava deles e que esperava que ela pudesse me dar a honra de se tornar minha esposa. Como isso parecia não melhorar a situação, perdi o controle também e lhe respondi de maneira bem mais acalorada do que deveria, talvez, considerando que ela estava ali, do lado. Desse modo, acabou com ele indo embora com ela, como você viu, e aqui estou eu mais atarantado que qualquer homem desse condado. Diga-me o que significa tudo isso, Watson, e vou lhe ficar devendo mais do que espero poder lhe pagar um dia.

Tentei uma ou duas explicações, mas, na verdade, eu mesmo estava completamente embaraçado. O título de nosso amigo, sua fortuna, sua idade, seu caráter e sua aparência, tudo estava a seu favor e eu nada sabia contra ele, a menos que fosse esse tétrico destino que pesa sobre a família dele. É assombroso que as investidas dele pudessem ser tão bruscamente rejeitadas sem nenhuma consideração pelos próprios anseios da moça e que esta pudesse aceitar a situação sem protesto. Nossas conjeturas, porém, foram deixadas de lado por uma visita do próprio Stapleton, naquela mesma tarde. Ele viera pedir desculpas por sua grosseria da manhã e, depois de uma longa conversa privada com Sir Henry, no escritório, o desfecho desse encontro deu por superado o desentendimento e ficou combinado que, em sinal disso, iríamos jantar na casa Merripit, na sexta-feira seguinte.

– Não digo agora que ele não é um louco – disse Sir Henry. – Não posso esquecer a expressão dos olhos dele quando correu para mim esta manhã, mas devo admitir que nenhum homem poderia se desculpar com mais elegância do que ele o fez.

– Deu alguma explicação para a conduta que teve?

– A irmã é tudo o que tem na vida, diz ele. Isso é bastante natural e fico feliz por ele reconhecer o valor dela. Eles sempre estiveram juntos e, segundo conta, ele tem sido um homem muito solitário, tendo somente ela como companheira, de modo que a ideia de perdê-la foi realmente terrível. Ele não havia compreendido, me disse, que eu estava me afeiçoando a ela, mas, quando viu com os próprios olhos que isso estava realmente acontecendo e que ela poderia lhe ser tomada, isso lhe causou tamanho choque que por algum tempo não foi responsável pelo que dizia ou fazia. Lamentava muito o ocorrido e reconhecia como era tolo e egoísta imaginar que pudesse manter uma mulher bonita como a irmã a seu lado a vida toda. Se ela tinha de deixá-lo, seria tanto melhor que fosse com um vizinho como eu do que com qualquer outro. Mas, de qualquer modo, era um golpe para ele e precisaria de algum tempo para se preparar a enfrentá-lo. Da parte dele, retiraria toda a oposição se eu lhe prometesse deixar o assunto de lado durante três meses e me contentasse, durante esse tempo, em cultivar a amizade da moça, sem reivindicar o amor dela. Prometi e o caso ficou nisso.

Assim, um de nossos pequenos mistérios está esclarecido. É alguma coisa ter tocado o fundo em algum lugar nesse charco em que nos debatemos. Sabemos agora por que Stapleton olhava com desgosto o pretendente da irmã... mesmo que esse pretendente fosse alguém tão qualificado como Sir Henry.

E agora passo para o outro fio da meada enroscada que consegui desembaraçar, o mistério dos soluços à noite, da face banhada de lágrimas da senhora Barrymore, da incursão secreta do mordomo à janela de treliça oeste. Congratule-me, meu caro Holmes, e diga-me que não o desapontei como agente... que não se arrepende da confiança que depositou em mim quando me enviou para cá. Todas essas coisas foram inteiramente esclarecidas com o trabalho de uma noite.

Eu disse "com o trabalho de uma noite", mas, na verdade, foi com o trabalho de duas noites, pois na primeira não conseguimos absolutamente nada. Fiquei acordado com Sir Henry no quarto dele até perto das 3 horas da madrugada, mas não ouvimos nenhum tipo de som, exceto o relógio carrilhão ao lado da escada. Foi uma vigília extremamente melancólica e terminamos os dois por adormecer em nossas cadeiras. Felizmente não desanimamos e decidimos tentar novamente. Na noite seguinte, rebaixamos a luz da lâmpada e ficamos fumando cigarros, sem fazer o menor ruído. Foi incrível a lentidão com que as horas se arrastaram e, mesmo assim, éramos estimulados a persistir pelo mesmo tipo de paciente interesse que o caçador deve sentir quando vigia a armadilha em que espera que a caça venha a cair. Uma badalada, duas, e tínhamos quase desistido pela segunda vez, desesperançados, quando, num instante, nós dois nos soerguemos de nossas cadeiras, com todos os nossos sentidos fatigados vivamente alertas de novo. Tínhamos ouvido um rangido de um passo no corredor.

Nós o ouvimos passar muito furtivamente até desaparecer à distância. Então o baronete abriu suavemente a porta e saímos em perseguição. Nosso homem já havia contornado a galeria, e o corredor estava mergulhado na escuridão. Avançamos com cuidado até alcançar a outra ala. Chegamos exatamente a tempo de ver de relance a figura alta, de barba preta e ombros caídos que percorria o corredor na ponta dos pés. Ele passou então pela mesma porta que antes, e a luz da vela o emoldurou na escuridão e lançou um único raio amarelo através do escuro corredor. Arrastávamos cautelosamente os pés ao avançar, experimentando cada tábua antes de ousar pôr todo o nosso peso sobre ela. Havíamos tomado a precaução de deixar nossas botas para trás, mas, mesmo assim, as velhas tábuas estalavam e rangiam sob nossos passos. Por vezes parecia impossível que ele não ouvisse nossa aproximação. Mas felizmente o homem é bastante surdo e estava inteiramente preocupado com o que fazia. Quando, finalmente, chegamos à porta e espiamos, vimos que ele estava inclinado junto da janela, vela na mão, o rosto atento comprimido contra a vidraça, exatamente como eu o tinha visto duas noites antes.

Não havíamos traçado nenhum plano de campana, mas o baronete é um homem para quem o caminho mais direto é sempre o mais natural. Entrou no quarto e, ao fazer isso, Barrymore se afastou da janela de um salto, deu um chiado profundo expirando o ar e parou, lívido e trêmulo, diante de nós. Seus olhos escuros, brilhando na máscara branca do rosto, estavam cheios de horror e de espanto enquanto olhava de Sir Henry para mim.

– O que está fazendo aqui, Barrymore?

– Nada, senhor – a agitação dele era tão grande que mal conseguia falar, e as sombras subiam e desciam com o bruxulear da vela. – Foi a janela, senhor. Circulo à noite para ver se estão trancadas.

– No segundo andar?

– Sim, senhor, todas as janelas.

– Veja bem, Barrymore – disse Sir Henry, severamente. – Estamos decididos a arrancar-lhe a verdade, de modo que vai evitar problemas se falar mais cedo que tarde. Vamos, agora! Nada de mentiras! O que estava fazendo nessa janela?

O sujeito nos lançou um olhar impotente e torcia as mãos como alguém que se encontra nos extremos da dúvida e da aflição.

– Não estava fazendo nada de mal, senhor. Estava segurando uma vela junto da janela.

– E por que estava segurando uma vela junto da janela?

– Não me pergunte, Sir Henry... não me pergunte! Dou-lhe minha palavra, senhor, de que esse não é um segredo meu e de que não posso revelá-lo. Se não dissesse respeito a ninguém a não ser a mim, não tentaria ocultá-lo do senhor.

Uma súbita ideia me ocorreu e tomei a vela da mão trêmula do mordomo.

– Ele a esteve segurando como um sinal – disse eu. – Vamos ver se há alguma resposta.

Segurei-a como ele o tinha feito e olhei para fora, na escuridão da noite. Pude discernir vagamente a barreira escura das árvores e a vastidão mais clara do pântano, pois a lua estava atrás das nuvens. E então soltei um grito de alegria, pois um minúsculo ponto de luz amarela havia subitamente trespassado o véu escuro e brilhava firmemente no centro do quadrado negro emoldurado pela janela.

– Lá está! – exclamei.

– Não, não, senhor, não é nada... absolutamente nada! – interrompeu-me o mordomo. – Eu lhe asseguro, senhor...

– Mova sua luz diante da janela, Watson! – exclamou o baronete. – Veja, a outra se move também! Agora, seu pilantra, nega que é um sinal? Vamos, fale! Quem é seu aliado lá adiante e que conspiração é essa que estão tramando?

O semblante do homem se tornou claramente desafiador.

– É um assunto meu, não seu. Não vou falar.

– Então deixe este emprego imediatamente.

– Muito bem, senhor. Se devo ir, vou.

– E vai em desgraça. Com os diabos, deve se envergonhar de si mesmo. Sua família viveu com a minha por mais de cem anos debaixo deste teto, e eu o encontro aqui inteiramente envolvido em alguma trama secreta contra mim.

– Não, não, senhor! Não, não contra o senhor!

Era uma voz de mulher, e a senhora Barrymore, mais pálida e mais horrorizada que o marido, estava parada à porta. Sua figura corpulenta coberta por uma saia e um xale teria sido cômica, se não fosse a intensidade da emoção em seu semblante.

– Temos de ir embora, Eliza. Isso é o fim de tudo. Pode arrumar nossas coisas – disse o mordomo.

– Oh! John, John, cheguei a levá-lo a isso? É culpa minha, Sir

Henry... toda minha. Ele não fez nada a não ser por minha causa e porque eu lhe pedi.

– Fale, então! O que significa isso?

– Meu infeliz irmão está morrendo de fome no pântano. Não podemos deixá-lo perecer diante de nosso próprio portão. A luz é um sinal para ele que a comida está pronta e a luz dele lá longe mostra o local para onde deve ser levada.

– Então seu irmão é...

– O prisioneiro que fugiu, senhor... Selden, o criminoso.

– Essa é a verdade, senhor – disse Barrymore. – Falei que não era um segredo meu e que não podia revelá-lo. Mas agora o senhor o ouviu e pode ver que, se havia uma trama, não era contra o senhor.

Essa, pois, era a explicação das expedições furtivas à noite e da luz à janela. Sir Henry e eu fitamos a mulher atônitos. Seria possível que essa pessoa impassivelmente respeitável fosse do mesmo sangue de um dos mais notórios criminosos do país?

– Sim, senhor, meu sobrenome de solteira era Selden e ele é meu irmão caçula. Nós o mimamos demais quando era garoto e fizemos suas vontades em tudo, até que ele passou a pensar que o mundo foi feito para seu prazer e que nele podia fazer o que bem entendesse. Depois, quando ficou mais velho, envolveu-se com más companhias, e o demônio entrou nele; e tanto fez que partiu o coração de minha mãe e arrastou nosso nome para a lama. De crime em crime, foi se afundando cada vez mais, até o ponto em que só a misericórdia de Deus o livrou do cadafalso; mas para mim, senhor, ele foi sempre o menino de cabelo encaracolado que eu havia embalado e com quem brincava, como faria uma irmã mais velha. Foi por isso que ele fugiu da prisão, senhor. Sabia que eu estava aqui e que não poderíamos lhe recusar ajuda. Quando se arrastou até aqui uma noite, exausto e faminto, com os guardas nos calcanhares dele, que podíamos fazer? Nós o acolhemos, o alimentamos e cuidamos dele. Depois o senhor voltou, e meu irmão achou que estaria mais seguro no pântano do que em qualquer outro lugar até que o alarido e o clamor público esmorecessem; e assim ficou escondido ali. Mas a cada duas noites verificávamos se ele continuava lá, pondo uma luz na janela e, se houvesse uma resposta, meu marido lhe levava um pouco de pão e carne. Cada dia esperávamos que tivesse ido embora, mas enquanto permanecesse ali não podíamos abandoná-lo. Esta é toda a verdade, pois sou uma cristã honesta e o senhor verá que, se há culpa nessa questão, não recai sobre meu marido, mas sobre mim, porque foi por minha causa que ele fez tudo o que fez.

As palavras da mulher foram proferidas com intensa sinceridade, o que lhes emprestava um tom convincente.

– Isso é verdade, Barrymore?

– Sim, senhor. Cada palavra.

– Bem, não posso censurá-lo por ficar do lado de sua mulher. Esqueça o que eu disse. Vão para o quarto, os dois, e vamos falar mais sobre esse assunto de manhã.

Depois que eles saíram, olhamos de novo pela janela. Sir Henry a tinha escancarado, e o vento frio da noite batia em nosso rosto. Ao longe, na distância negra, ainda brilhava aquele tênue ponto de luz amarela.

– Admira-me que se atreva – disse Sir Henry.

– Deve estar localizado de tal modo que só é visível daqui.

– Muito provavelmente. A que distância acha que esteja?

– Lá perto de Cleft Tor, me parece.

– Não mais que uma milha ou duas daqui.

– Se tanto.

– Bem, não pode ser longe se Barrymore tinha de levar a comida até ele. E esse pilantra está esperando, ao lado da vela. Com os diabos, Watson, vou sair para agarrar esse homem!

O mesmo pensamento tinha cruzado minha mente. Não se podia dizer que os Barrymores nos tinham feito uma confidência. O segredo deles havia sido arrancado. O homem era um perigo para a comunidade, um consumado infame para quem não havia piedade nem desculpa. Estávamos somente cumprindo nosso dever ao aproveitar essa oportunidade de pô-lo de volta onde não podia fazer nenhum mal. Com sua natureza brutal e violenta, outros teriam de pagar o preço se não puséssemos as mãos sobre ele. Uma noite qualquer, por exemplo, nossos vizinhos, os Stapletons, poderiam ser atacados por ele, e talvez tenha sido esse pensamento que deixou Sir Henry tão ávido pela aventura.

– Vou também – disse eu.

– Então tome seu revólver e calce suas botas. Quanto mais cedo partirmos, melhor, pois o sujeito pode apagar a luz e ir embora.

Em cinco minutos estávamos fora da porta, começando nossa expedição. Passamos depressa através dos arbustos escuros, em meio ao gemido surdo do vento de outono e ao farfalhar de folhas caindo. O ar da noite estava carregado com o cheiro de umidade e de matéria decomposta. Volta e meia a lua espiava por um instante, mas as nuvens se moviam pela vastidão do céu e, exatamente quando chegamos à beira do pântano, uma chuva fina começou a cair. A luz continuava brilhando firmemente, mais adiante.

– Você está armado? – perguntei.

– Tenho um chicote de caça.

– Temos de nos aproximar dele rapidamente, pois dizem que é um sujeito muito perigoso. Temos de apanhá-lo de surpresa e tê-lo à nossa mercê antes que possa resistir.

– Pois então, Watson – disse o baronete –, o que Holmes diria disso? E quanto àquela hora de escuridão em que a força do mal está exaltada?

Como se em resposta a suas palavras, elevou-se subitamente da vasta escuridão do pântano aquele estranho grito que eu já havia ouvido nas margens do grande charco de Grimpen. Veio trazido pelo vento através do silêncio da noite, um longo e profundo resmungo, depois um urro mais alto e então um triste gemido, que se extinguiu aos poucos. Soou repetidas vezes, todo o ar palpitando com ele, estridente, selvagem e ameaçador. O baronete agarrou minha manga e seu rosto pálido brilhou através da escuridão.

– Meu Deus, o que é isso, Watson?

– Não sei. É um som próprio do pântano. Já o ouvi uma vez antes.

Desapareceu e um silêncio absoluto nos envolveu. Aguçamos os ouvidos, mas nada mais se ouviu.

– Watson – disse o baronete –, foi o uivo de um cão.

Meu sangue gelou em minhas veias, pois havia uma alteração em sua voz, que revelava o súbito horror que se havia apoderado dele.

– Como eles chamam esse som? – perguntou ele.

– Quem?

– As pessoas da região.

– Oh! São pessoas ignorantes. Por que deveria se importar com o nome que lhe dão?

– Diga-me, Watson. O que dizem disso?

Hesitei, mas não pude fugir da pergunta.

– Dizem que é o uivo do Cão dos Baskervilles.

Ele gemeu e ficou em silêncio por alguns momentos.

– E era um cão – disse ele, por fim. – Mas parecia vir de milhas de distância, muito longe daqui, acho.

– Era difícil dizer de onde vinha.

– Surgiu e desapareceu com o vento. Aquela não é a direção do charco de Grimpen?

– Sim, é.

– Bem, foi dali. Mas vamos, Watson, você também não acha que foi o uivo de um cão? Não sou uma criança. Não precisa ter medo de dizer a verdade.

– Stapleton estava comigo quando o ouvi da última vez. Ele disse que podia ser o chamado de uma ave estranha.

– Não, não, era um cão. Meu Deus, será que pode haver alguma verdade em todas essas histórias? Será possível que eu esteja realmente em perigo por uma causa tão obscura? Você não acredita nisso, não é, Watson?

– Não, não.

– Mesmo assim, uma coisa é rir disso em Londres e outra é estar aqui exposto na escuridão do pântano e ouvir um grito como esse. E meu tio! Havia a pegada do cão ao lado do lugar onde ele caiu. Tudo se encaixa. Não me considero um covarde, Watson, mas esse som pareceu congelar meu sangue. Sinta minha mão.

Estava fria como um bloco de mármore.

– Você estará bem amanhã.

– Acho que não vou conseguir tirar esse grito da cabeça. O que aconselha a fazer agora?

– Seria o caso de voltarmos?

– Não, com os diabos! Viemos até aqui para apanhar nosso homem e é o que vamos fazer. Estamos atrás do prisioneiro, e um cão do inferno, provavelmente ou não, está atrás de nós. Vamos! Vamos até o fim, ainda que os demônios do inferno estejam soltos no pântano.

Avançamos vagarosamente pela escuridão, com o vulto negro das íngremes colinas à nossa volta e com o ponto amarelo de luz brilhando firmemente diante de nós. Não havia nada de tão enganoso como a distância de uma luz numa noite escura como breu e, às vezes o brilho parecia estar muito longe no horizonte, outras vezes parecia estar a poucos passos de nós. Mas finalmente percebemos de onde vinha e soubemos então que estava realmente muito próximo. Uma vela gotejando estava afixada numa fenda das rochas que a flanqueavam de cada lado, de modo a protegê-la do vento e também a impedir que fosse visível, exceto da direção da mansão Baskerville. Um grande bloco de granito ocultou nossa aproximação e, agachados atrás dele, fitamos o sinal luminoso.

Era estranho ver essa única vela ardendo ali, no meio do pântano, sem nenhum sinal de vida nas proximidades... apenas uma chama amarela ereta e o brilho da rocha de cada lado dela.

– O que vamos fazer agora? – sussurrou Sir Henry.

– Espere aqui. Ele deve estar perto da luz. Vamos ver se conseguimos avistá-lo.

Mal havia pronunciado essas palavras quando nós dois o vimos. Sobre as rochas, em cuja fenda a vela ardia, projetava-se um rosto amarelo, malvado, um terrível rosto animalesco, todo sulcado e marcado de vis paixões. Sujo de lama, com uma barba eriçada e recoberto de cabelo emaranhado, poderia muito bem ter pertencido a um daqueles antigos selvagens que moravam nas tocas das encostas. A luz abaixo dele se refletia em seus pequenos olhos astutos, que perscrutavam ferozmente à direita e à esquerda através da escuridão, como um animal matreiro e selvagem que tivesse ouvido os passos dos caçadores.

Algo evidentemente tinha despertado suas suspeitas. Talvez Barrymore tivesse algum sinal particular, que havíamos deixado de dar, ou o sujeito tivesse outra razão para pensar que nem tudo estava bem, mas pude perceber o medo em seu rosto perverso. A qualquer instante, ele poderia apagar a vela e desaparecer na escuridão. Assim, saltei para a frente e Sir Henry fez o mesmo. No mesmo instante, o prisioneiro soltou uma praga contra nós e arremessou uma pedra que se estilhaçou contra o rochedo que nos havia abrigado. Consegui ver de relance sua figura baixa, atarracada, de compleição forte quando ele saltou em pé e se virou para correr. No mesmo instante, por um golpe de sorte, a lua despontou entre as nuvens. Corremos pelo topo da colina e lá estava nosso homem correndo com grande velocidade pelo outro lado, saltando sobre as pedras com a agilidade de um cabrito montês. Um tiro certeiro de meu revólver poderia tê-lo aleijado, mas eu só o havia trazido para me defender, se fosse atacado, e não para atirar num homem desarmado e em fuga.

Éramos ambos corredores velozes e estávamos razoavelmente em boa forma, mas logo constatamos que não tínhamos nenhuma chance de alcançá-lo. Pudemos vê-lo por longo tempo ao luar, até que se tornou apenas um pequeno ponto se movendo rapidamente entre os rochedos na encosta de uma colina distante. Corremos até ficar completamente sem fôlego, mas a distância entre nós ficava cada vez maior. Finalmente, paramos e sentamos ofegantes sobre duas rochas, enquanto o víamos desaparecendo na distância.

E foi nesse momento que aconteceu algo deveras estranho e inesperado. Tínhamos nos levantado das rochas e estávamos nos voltando para ir para casa, tendo abandonado a caçada inútil. A lua estava baixa à direita, e o pináculo denteado de um rochedo de granito se erguia contra a curva inferior de seu disco de prata. Ali, numa silhueta tão negra quanto uma estátua de ébano contra aquele pano de fundo brilhante, vi a figura de um homem no rochedo pontudo. Não pense que era uma ilusão, Holmes. Asseguro-lhe que nunca em minha vida vi algo com tanta clareza. Até onde pude julgar, o vulto era de um homem alto e magro. Estava de pé, com as pernas um pouco separadas, de braços cruzados, cabeça baixa, como se estivesse meditando sobre aquele enorme deserto de turfa e granito que se estendia à sua frente. Poderia ter sido o próprio espírito daquele lugar terrível. Não era o prisioneiro. Esse homem estava longe do lugar onde o outro havia desaparecido. Além disso, era muito mais alto. Com um grito de surpresa, apontei-o para o baronete, mas, no instante em que me virava para lhe agarrar o braço, o homem desapareceu. Lá estava o pináculo agudo de granito ainda cortando a borda inferior da lua, mas o pico já não mostrava nenhum vestígio daquele vulto silencioso e imóvel.

Quis ir naquela direção e procurar o rochedo, mas estava a alguma distância. Os nervos do baronete estavam ainda estremecendo com aquele urro, que relembrava a tétrica história da família dele, e não estava com disposição para novas aventuras. Ele não tinha visto aquele homem solitário sobre o rochedo e não podia sentir o frêmito que sua estranha presença e sua atitude dominadora me haviam causado.

– Um guarda, sem dúvida – disse ele. – O pântano está cheio deles, desde que esse sujeito fugiu.

Bem, talvez a explicação dele fosse correta, mas eu gostaria de ter mais alguma prova disso. Hoje pretendemos comunicar ao pessoal de Princetown onde pode ser procurado o homem desaparecido, mas foi falta de sorte realmente não termos obtido o triunfo de levá-lo de volta como nosso prisioneiro. Essas foram as aventuras da noite passada e você deve reconhecer, meu caro Holmes, que me saí muito bem no relatório que acabo de fazer. Muito do que lhe conto é, sem dúvida, um tanto irrelevante, mas ainda penso ser melhor transmitir-lhe todos os fatos e deixá-lo escolher os que lhe serão mais úteis para ajudá-lo em suas conclusões. Certamente, estamos fazendo algum progresso. No que diz respeito aos Barrymores, descobrimos o motivo das ações deles e isso esclareceu bastante a situação. Mas o pântano, com seus mistérios e seus estranhos habitantes, permanece tão inescrutável como sempre. Talvez em meu próximo relatório eu consiga lançar alguma luz sobre isso também. O melhor de tudo seria que você pudesse vir para cá. Em todo caso, voltará a ter notícias minhas no decorrer dos próximos dias.

Capítulo X

Extrato do diário do Dr. Watson

Até aqui pude transcrever os relatórios que enviei, durante esses primeiros dias, a Sherlock Holmes. Agora, no entanto, cheguei a um ponto em minha narrativa em que sou compelido a abandonar esse método e confiar, uma vez mais, em minhas lembranças, auxiliado pelo diário que mantive na época. Alguns extratos deste último vão me transportar para aquelas cenas que estão indelevelmente gravadas com todos os detalhes em minha memória. Prossigo, portanto, a partir da manhã que se seguiu à nossa malograda perseguição ao prisioneiro e às nossas outras estranhas experiências no pântano.

16 de outubro. Um dia insípido e nevoento com chuvisco. A casa está envolta em nuvens ondulantes, que vez por outra se elevam para mostrar as melancólicas curvas do pântano, com finas veias de prata sobre as encostas das colinas, e os distantes rochedos brilhando onde a luz incide sobre suas faces molhadas. A melancolia reina fora e dentro. O baronete está mergulhado numa reação negativa depois das emoções da noite. Eu mesmo sinto um peso no coração e uma sensação de perigo iminente... um perigo sempre presente, ainda mais terrível porque sou incapaz de defini-lo.

E não tenho motivo para semelhante sensação? Considere-se a longa sequência de incidentes que apontaram todos para alguma sinistra influência que está à nossa volta. Há a morte do último ocupante da mansão, preenchendo tão exatamente as condições da lenda da família, e há os repetidos relatos dos camponeses sobre a aparição de uma estranha criatura no pântano. Duas vezes ouvi com meus próprios ouvidos o som que se assemelhava ao latido distante de um cão. É incrível, impossível que isso realmente fuja das leis comuns da natureza. Um cão espectral que deixa pegadas materiais e enche o ar com seus uivos certamente não é concebível. Stapleton pode cair em semelhante superstição e Mortimer também; mas se eu tenho uma qualidade neste mundo é bom senso e nada vai me persuadir a acreditar em tal coisa. Fazê-lo seria descer ao nível desses pobres camponeses, que não se contentam com um mero cão diabólico, mas precisam descrevê-lo como uma figura expelindo fogo do inferno pela boca e pelos olhos. Holmes não daria ouvidos a essas fantasias e eu sou agente dele. Mas fatos são fatos e eu ouvi duas vezes esse uivo no pântano. Suponhamos que haja realmente um enorme cão solto ali; isso chegaria a explicar quase tudo. Mas onde semelhante cão poderia se esconder, onde conseguiria alimento, de onde teria vindo, como é que ninguém jamais o viu durante o dia? Devo confessar que a explicação natural oferece quase tantas dificuldades quanto a outra. E sempre, deixando de lado o cão, há o fato da ação humana em Londres, o homem na carruagem alugada e a carta que prevenia Sir Henry contra o pântano. Isso, pelo menos, era real, mas poderia ter sido obra de um amigo protetor tão facilmente como de um inimigo. Onde está agora esse amigo ou inimigo? Ficou em Londres ou nos seguiu até aqui? Poderia ele... poderia ele ser o estranho que eu vi sobre o rochedo?

É verdade que o vi apenas de relance e, mesmo assim, há algumas coisas pelas quais estou pronto a jurar. Ele não é alguém que eu tenha visto por aqui e, a esta altura, já conheço todos os vizinhos. O vulto era muito mais alto que Stapleton, muito mais magro que Frankland. Poderia até ter sido Barrymore, mas nós o havíamos deixado em casa e tenho certeza de que não poderia ter nos seguido. Um estranho, pois, continua nos seguindo, exatamente um estranho como em Londres. Nunca conseguimos nos desvencilhar dele. Se eu pudesse pôr as mãos nesse homem, então, finalmente, poderíamos vencer todas as nossas dificuldades. A esse único propósito é que devo agora devotar todas as minhas energias.

Meu primeiro impulso foi contar a Sir Henry todos os meus planos. O segundo e mais sensato é jogar meu jogo e falar o menos possível a quem quer que seja. Ele está silencioso e desatento. Seus nervos foram estranhamente abalados por aquele som no pântano. Não direi nada para aumentar suas ansiedades, mas darei meus próprios passos para alcançar meu objetivo específico.

Tivemos uma pequena cena esta manhã, depois do café. Barrymore pediu para falar com Sir Henry e eles passaram algum tempo fechados no escritório. Sentado na sala de bilhar, mais de uma vez ouvi o som das vozes se elevar e pude ter uma ideia bastante boa do ponto em que estava em discussão. Depois de algum tempo, o baronete abriu a porta e me chamou.

– Barrymore acha que tem do que se queixar – disse ele. – Julga que foi injusto de nossa parte perseguir o cunhado dele quando ele próprio, de livre e espontânea vontade, nos tinha contado o segredo.

O mordomo estava de pé, muito pálido, mas muito controlado, diante de nós.

– Talvez eu tenha falado acaloradamente demais, senhor – disse ele. – E, se o fiz, certamente lhe peço perdão. Ao mesmo tempo, fiquei muito surpreso quando ouvi os senhores, dois cavalheiros, voltarem esta manhã e soube que tinham ido em perseguição a

Selden. O pobre sujeito já tem muito o que enfrentar sem que eu ponha mais gente no encalço dele.

– Se você nos tivesse contado de livre e espontânea vontade, teria sido uma coisa diferente – disse o baronete. – Você só nos contou, melhor, sua mulher só nos contou quando se viu forçada por você e você não conseguiu desmenti-la.

– Não pensei que o senhor fosse tirar proveito disso, Sir Henry... realmente não pensei.

– O homem é um perigo público. Há casas isoladas espalhadas pelo pântano e ele é um sujeito que não hesitaria diante de nada. É suficiente deitar o olhar no rosto dele para ver isso. Veja a casa do senhor Stapleton, por exemplo, sem ninguém a não ser ele para defendê-la. Não há segurança para ninguém até que ele esteja preso sob sete chaves.

– Ele não vai invadir a casa de ninguém, senhor. Dou-lhe minha palavra de honra a respeito disso. E nunca vai voltar a perturbar ninguém nesta região. Asseguro-lhe, Sir Henry que, dentro de bem poucos dias, as providências necessárias terão sido tomadas e ele estará a caminho da América do Sul. Pelo amor de Deus, senhor, peço-lhe que não deixe a polícia saber que ele está no pântano. Desistiram de caçá-lo ali e ele pode ficar tranquilo até que o navio esteja acertado para ele. Não poderá denunciá-lo sem colocar minha mulher e a mim em apuros. Eu lhe peço, senhor, para não dizer nada à polícia.

– Que é que você diz, Watson?

Dei de ombros.

– Se ele estivesse seguro fora do país, o contribuinte estaria livre de um fardo.

– Mas e quanto à possibilidade de ele assaltar alguém antes de partir?

– Ele não faria uma loucura dessas, senhor. Nós lhe fornecemos tudo de que pode precisar. Cometer um crime seria revelar onde está se escondendo.

– Isso é verdade – disse Sir Henry. – Bem, Barrymore...

– Deus o abençoe, senhor, e muito obrigado de coração! Se ele fosse preso de novo, isso iria matar minha mulher.

– Creio que estamos ajudando e incitando um crime, Watson. Mas, depois do que ouvimos, não me parece que eu possa entregar o homem; assim, a questão está encerrada. Tudo bem, Barrymore, você pode ir.

Com algumas palavras gaguejadas de gratidão, o homem se virou, mas hesitou e então voltou.

– O senhor foi tão bom para nós que, em retribuição, gostaria de agir da melhor maneira possível com o senhor. Sei de uma coisa, Sir Henry, e talvez deveria tê-la contado antes, mas só a descobri muito depois do inquérito. Nunca soltei uma palavra sobre isso para qualquer mortal. É sobre a morte do pobre Sir Charles.

O baronete e eu estávamos de pé.

– Sabe como ele morreu?

– Não, senhor, isso eu não sei.

– O que, então?

– Sei por que motivo ele estava no portão àquela hora. Era para encontrar uma mulher.

– Encontrar uma mulher! Ele?

– Sim, senhor.

– E o nome da mulher?

– Não posso lhe dar o nome, senhor, mas posso lhe dar as iniciais. Suas iniciais eram L.L.

– Como sabe disso, Barrymore?

– Bem, Sir Henry, seu tio recebeu uma carta naquela manhã. Ele geralmente recebia muitas cartas, pois era um homem público e bem conhecido por seu bom coração, de modo que todos os que estavam em dificuldades gostavam de recorrer a ele. Mas naquela manhã, por acaso, recebeu somente essa única carta, de maneira que reparei mais nela. Vinha de Coombe Tracey e o endereço estava escrito com letra de mulher.

– Bem?

– Bem, senhor, não pensei mais no assunto e nunca o teria feito, se não tivesse sido por minha mulher. Algumas semanas atrás, ela estava limpando o escritório de Sir Charles – nunca havia sido tocado desde a morte dele – e encontrou as cinzas de uma carta queimada no fundo da lareira. A maior parte dela estava chamuscada aos pedaços, mas uma pequena tira, o fim de uma página, estava intacta e a escrita ainda podia ser lida, embora estivesse em cinza contra um fundo preto. Pareceu-nos ser um pós-escrito no fim da carta e dizia: "Por favor, por favor, como é um cavalheiro, queime esta carta e esteja no portão às 10 horas". Abaixo, constavam as iniciais L.L.

– Tem essa tira?

– Não, senhor; ela se esfacelou toda depois que a removemos.

– Sir Charles já havia recebido outras cartas com a mesma letra?

– Bem, senhor, eu não prestava especial atenção às cartas dele. Não teria notado essa, se não tivesse chegado sozinha.

– E você não tem ideia de quem seja L.L.?

– Não, senhor. Nenhuma, como o senhor. Mas acredito que, se pudéssemos pôr as mãos nessa senhora, haveríamos de saber mais sobre a morte de Sir Charles.

– Não consigo entender, Barrymore, como decidiu ocultar essa importante informação.

– Bem, senhor, foi imediatamente depois que sobreveio nosso próprio infortúnio. E além disso, senhor, nós dois gostávamos demais de Sir Charles, como não podia deixar de ser, considerando tudo o que ele havia feito por nós. Trazer isso à tona não poderia ajudar nosso pobre patrão e convém agir com cuidado quando há uma mulher no caso. Até os melhores de nós...

– Pensou que isso poderia afetar a reputação dele?

– Bem, senhor, pensei que nada de bom poderia vir disso. Mas agora que tem sido bondoso para conosco, eu ficaria com a impressão de tê-lo tratado de modo injusto, se não lhe contasse tudo o que sei sobre o assunto.

– Muito bem, Barrymore; pode ir.

Quando o mordomo nos deixou, Sir Henry se voltou para mim e disse:

– Bem, Watson, que pensa dessa nova luz?

– Parece deixar a escuridão mais negra que antes.

– É o que penso. Mas se pudéssemos pelo menos localizar L.L., isso elucidaria todo o caso. Já ganhamos alguma coisa. Sabemos que há alguém que tem os fatos; se pudéssemos, pelo menos, encontrar essa pessoa. Que pensa que deveríamos fazer?

– Informar Holmes de tudo imediatamente. Isso lhe dará a pista que vem procurando. Devo estar muito enganado, se ele não decidir vir para cá.

Fui imediatamente para meu quarto e redigi o relatório da conversa da manhã para Holmes. Era evidente para mim que ele andava muito ocupado ultimamente, pois os bilhetes que eu recebia da Baker Street eram poucos e curtos, sem nenhum comentário sobre a informação que eu havia fornecido e praticamente nenhuma referência à minha missão. Sem dúvida, seu caso de chantagem devia estar absorvendo todas as suas faculdades. Mesmo assim, esse novo fator deve certamente chamar sua atenção e renovar seu interesse. Gostaria que ele estivesse aqui.

17 de outubro. A chuva caiu o dia inteiro, pingando sobre a hera e gotejando dos beirais do telhado. Pensei no prisioneiro, no desolado, frio e desabrigado pântano. Pobre diabo! Fossem quais fossem seus crimes, ele havia sofrido um pouco para expiá-los. E depois pensei naquele outro... o rosto na carruagem, o vulto contra a lua. Estaria ele também lá fora naquele dilúvio... o vigia invisível, o homem da escuridão? À tarde, pus minha capa impermeável e fiz uma longa caminhada pelo pântano encharcado, cheio de

ideias sombrias, a chuva batendo em meu rosto e o vento assobiando nos ouvidos. Deus ajude aqueles que vagam pelo grande charco agora, pois até os terrenos elevados estão se tornando um brejo. Encontrei o rochedo negro, sobre o qual tinha visto o vigia solitário, e de seu topo íngreme contemplei eu mesmo os melancólicos baixios. Rajadas de chuva açoitavam sua face ruiva, e nuvens pesadas, cor de ardósia, pendiam baixas sobre a paisagem, arrastando-se em espirais cinzentas pelas encostas das fantásticas colinas. Na distante depressão à esquerda, semiescondidas pela neblina, as duas torres finas da mansão Baskerville se elevavam acima das árvores. Eram os únicos sinais de vida humana que eu podia ver, salvo somente aquelas cabanas pré-históricas que se aglomeravam nas encostas das colinas. Em parte alguma havia o menor vestígio daquele homem solitário que eu tinha visto no mesmo local, duas noites antes.

Quando caminhava de volta, fui alcançado pelo Dr. Mortimer, dirigindo a charrete por uma acidentada trilha do pântano, que levava à distante casa de fazenda de Foulmire. Ele tem sido muito atencioso conosco e dificilmente se passa um dia sem que visite a mansão, para ver como estamos passando. Insistiu para que eu subisse na charrete e me deu carona até em casa. Achei-o muito perturbado com o desaparecimento do pequeno spaniel dele. Tinha fugido para o pântano e nunca mais voltou. Consolei-o como pude, mas pensei no pônei no charco de Grimpen e não imagino que torne a ver o cãozinho.

– A propósito, Mortimer – disse eu, enquanto sacolejávamos pela estrada irregular –, suponho que haja poucas pessoas morando por esses lados que você não conheça.

– Dificilmente haverá uma, acho.

– Poderia, então, me dizer o nome de alguma mulher cujas iniciais sejam L.L.?

Ele pensou por alguns minutos.

– Não – respondeu ele. – Há algumas ciganas e trabalhadoras pelas quais não posso responder, mas, entre os fazendeiros ou a pequena nobreza, não há nenhuma cujas iniciais sejam essas. Mas espere um pouco – acrescentou, depois de uma pausa. – Há Laura Lyons... suas iniciais são L.L... mas ela mora em Coombe Tracey.

– Quem é ela? – perguntei.

– É filha de Frankland.

– O quê! Do velho Frankland, o excêntrico?

– Exatamente. Ela se casou com um artista chamado Lyons, que veio desenhar no pântano. Ele demonstrou ser um salafrário e a abandonou. A culpa, pelo que ouço falar, talvez não estivesse inteiramente de um só lado. O pai não quis mais saber dela, porque se havia casado sem o consentimento dele e talvez por mais uma ou duas razões também. Assim, entre o velho e o jovem pecador, a moça passou por maus pedaços.

– Como ela vive?

– Imagino que o velho Frankland lhe dá uma ninharia, mas não pode ser mais, pois os próprios negócios dele estão consideravelmente comprometidos. Seja o que for que ela tenha merecido, não se poderia permitir que seguisse irremediavelmente pelo mau caminho. A história dela se espalhou e várias pessoas daqui fizeram alguma coisa para lhe permitir ganhar a vida honestamente. Stapleton foi uma delas e Sir Charles, outra. Eu mesmo dei uma bagatela. Era para estabelecê-la num negócio de datilografia.

Ele quis saber o objetivo de minhas indagações, mas consegui satisfazer sua curiosidade sem lhe contar demais, pois não há razão alguma que nos obrigue a revelar nossos segredos a alguém. Amanhã de manhã vou tratar de ir a Coombe Tracey e, se puder ver essa senhora, Laura Lyons, de reputação equívoca, um grande passo terá sido dado rumo à elucidação de um incidente nessa cadeia de mistérios. Estou certamente desenvolvendo a astúcia de uma serpente, pois quando Mortimer levou suas perguntas longe demais, perguntei-lhe casualmente a que tipo pertencia o crânio de Frankland; e, assim, não ouvi mais falar de nada a não ser de craniologia pelo resto de nossa viagem. Não moro anos a fio com Sherlock Holmes por nada.

Tenho somente outro incidente para registrar nesse dia tempestuoso e melancólico. Foi minha conversa com Barrymore agora há pouco, que me dá mais um trunfo que poderei jogar no devido tempo.

Mortimer havia ficado para jantar e, depois, ele e o baronete jogaram cartas. O mordomo me trouxe o café na biblioteca e aproveitei a oportunidade para lhe fazer algumas perguntas.

– Bem – disse eu –, esse precioso parente de vocês foi embora ou ainda está se escondendo por lá?

– Não sei, senhor. Espero em Deus que ele tenha ido embora, pois não nos trouxe nada senão problemas! Não ouço falar dele desde que lhe deixei comida pela última vez e isso foi três dias.

– Você o viu, então?

– Não, senhor; mas a comida havia desaparecido quando passei por aquele caminho outra vez.

– Então ele estava certamente lá?

– É de pensar que sim, senhor, a menos que o outro homem a tenha levado.

Parei com a xícara de café a meio caminho dos lábios e fitei Barrymore.

– Então você sabe que há outro homem por lá?

– Sim, senhor; há outro homem no pântano.

– Você o viu?

– Não, senhor.

– Como sabe dele, então?

– Selden me falou dele, senhor, há uma semana ou mais. Ele está se escondendo também, mas não é um prisioneiro, até onde posso deduzir. Não gosto disso, Dr. Watson... digo-lhe claramente que não gosto disso. – ele falou com súbita expressão de ardor.

– Agora, escute bem, Barrymore! Não tenho nenhum interesse nesse assunto, além do de seu patrão. Vim para cá sem nenhum objetivo, a não ser para ajudá-lo. Diga-me, francamente, do que é que você não gosta.

Barrymore hesitou por um momento, como se estivesse arrependido de seu ímpeto ou como se achasse difícil expressar os próprios sentimentos em palavras.

– São todos esses acontecimentos, senhor – exclamou ele, por fim, acenando com a mão para a janela açoitada pela chuva, que dava para o pântano. – Há uma perfídia em algum lugar e há uma vileza sinistra tramando, isso eu posso jurar! Eu ficaria muito contente, senhor, se pudesse ver Sir Henry voltando para Londres definitivamente!

– Mas o que é que o assusta?

– Veja a morte de Sir Charles! Aquilo foi bastante ruim, apesar de tudo o que o investigador disse. Veja os ruídos no pântano à noite. Não há homem que o atravessaria depois do pôr do sol, nem que lhe pagassem. Veja esse estranho se escondendo lá longe e observando, e esperando! O que está esperando? O que significa isso? Não significa nada de bom para ninguém com o nome Baskerville, e ficarei muito contente por deixar tudo isso no dia em que os novos criados de Sir Henry estiverem prontos para tomar conta da mansão.

– Mas sobre esse forasteiro – disse eu. – Pode me dizer alguma coisa sobre ele? O que Selden falou? Descobriu onde o homem se escondia ou o que estava fazendo?

– Ele o viu uma ou duas vezes, mas o sujeito é muito astuto e não dá mostras de nada. De início, pensou que era um policial, mas logo descobriu que ele tinha alguma perspectiva própria em vista. Era uma espécie de cavalheiro, pelo que pôde ver, mas não conseguiu saber o que andava fazendo.

– E onde disse que morava?

– Entre as casas velhas na encosta da colina... as cabanas de pedra em que o povo antigo vivia.

– Mas quanto à comida?

– Selden descobriu que ele tem um garoto que trabalha para ele e lhe leva tudo de que precisa. Ouso dizer que vai buscar o que quer em Coombe Tracey.

– Muito bem, Barrymore. Podemos falar mais sobre isso em outra ocasião.

Depois que o mordomo saiu, fui até a janela escura e olhei através de uma vidraça embaçada para as nuvens rápidas e para a silhueta agitada das árvores fustigadas pelo vento. Era uma noite sinistra dentro de casa, e como devia ser numa cabana de pedra no pântano? Que ódio desenfreado pode ser esse que impele um homem a se esconder num lugar assim com um tempo desses? E que objetivo profundo e sério pode ter que exija tamanha provação? Lá, naquela cabana no pântano, parece estar o próprio ponto central desse problema que me atormenta tão violentamente. Juro que não se passará nem mais um dia sem que eu faça tudo o que o homem pode fazer para chegar ao coração do mistério.

Capítulo XI

O homem sobre o rochedo escarpado

O extrato de meu diário particular, que forma o último capítulo, trouxe minha narrativa para o dia 18 de outubro, data em que esses estranhos eventos começaram a mover-se rapidamente para seu terrível desfecho. Os incidentes dos poucos dias seguintes estão indelevelmente gravados em minha memória e posso contá-los sem me referir às anotações feitas na época. Começo no dia subsequente àquele em que eu havia estabelecido dois fatos de grande importância; o primeiro, que a senhora Laura Lyons de Coombe Tracey havia escrito a Sir Charles Baskerville e marcado um encontro com ele no mesmo lugar e hora em que ele encontrou a morte; o outro, que o homem que se escondia no pântano poderia ser encontrado entre as cabanas de pedra da encosta da colina. De posse desses dois fatos, senti que minha inteligência ou minha coragem deviam ser deficientes, se eu não conseguisse lançar mais alguma luz sobre esses lugares obscuros.

Não tive oportunidade de contar ao baronete o que ficara sabendo sobre a senhora Lyons na noite anterior, pois o Dr. Mortimer ficou jogando cartas com ele até muito tarde. No café da manhã, porém, informei-o a respeito de minha descoberta e lhe perguntei se fazia questão de me acompanhar a Coombe Tracey. De início, ele se mostrou muito ansioso por ir, mas, pensando bem, pareceu-nos a ambos que, se eu fosse sozinho, os resultados poderiam ser melhores. Quanto mais formal tornássemos a visita, menos informação poderíamos obter. Deixei, portanto, Sir Henry para trás, não sem algum remorso, e parti de carruagem para minha nova investigação.

Ao chegar a Coombe Tracey, disse a Perkins para guardar os cavalos e perguntei pela senhora que tinha vindo interrogar. Não tive nenhuma dificuldade em descobrir a moradia dela, que era central e bem conhecida. Uma criada me recebeu sem cerimônia e, ao entrar na sala de estar, uma senhora, que estava sentada diante de uma máquina de escrever Remington, se levantou com um agradável sorriso de boas-vindas. Ficou desapontada, porém, quando viu que eu era um desconhecido; sentou-se de novo e perguntou qual era o objetivo de minha visita.

A primeira impressão que tive da senhora Lyons foi que era extremamente bela. Seus olhos e cabelo tinham a mesma intensa cor de avelã, e suas faces, embora bastante sardentas, eram coradas pelo primoroso vigor das morenas, o gracioso rosado que se esconde no coração da rosa de enxofre. Admiração foi, repito, a primeira impressão. Mas a segunda foi desaprovação. Havia algo de sutilmente errado em seu rosto, certa impolidez de expressão, certa dureza, talvez, do olhar, certa frouxidão dos lábios, que comprometiam a beleza perfeita desse rosto. Mas essas, obviamente, são reflexões posteriores. No momento, tive consciência simplesmente de que estava na presença de uma mulher muito bonita e de que ela perguntava as razões de minha visita. Não havia compreendido até aquele instante como era delicada minha missão.

– Tive o prazer – disse eu – de conhecer seu pai.

Foi uma apresentação infeliz e a senhora me fez notar isso.

– Não há nada em comum entre meu pai e eu – disse ela. – Não devo nada a ele e os amigos dele não são meus amigos. Não tivesse sido pelo falecido Sir Charles Baskerville e por alguns outros corações bondosos, eu poderia ter morrido de fome, que meu pai nem se teria importado.

– É a respeito do falecido Sir Charles Baskerville que vim até aqui para vê-la.

As sardas se realçaram no rosto da senhora.

– Que posso lhe dizer sobre ele? – perguntou ela, com seus dedos brincando nervosamente sobre as teclas da máquina de escrever.

– A senhora o conhecia, não é?

– Já disse que devo muito à bondade dele. Se tenho condições de me sustentar é, em grande parte, graças ao interesse que ele demonstrou por minha infeliz situação.

– A senhora se correspondia com ele?

Ela olhou rapidamente para mim, com um brilho irritadiço nos olhos cor de avelã.

– Qual é o objetivo dessas perguntas? – disse ela, rispidamente.

– O objetivo é evitar um escândalo público. É melhor que eu as faça aqui do que vermos o assunto escapar de nosso controle.

Ela ficou em silêncio, e seu rosto ainda estava muito pálido. Finalmente, ergueu os olhos, com algo de temerário e desafiador em suas maneiras.

– Bem, vou responder – disse ela. – Quais são suas perguntas?

– A senhora se correspondia com Sir Charles?

– Certamente que escrevi uma ou duas vezes para agradecer a ele a delicadeza e a generosidade.

– Tem as datas dessas cartas?

– Não.

– Encontrou-se alguma vez com ele?

– Sim, uma ou duas vezes, quando ele veio a Coombe Tracey. Era um homem muito recluso e preferia fazer o bem em segredo.

– Mas se o via tão raramente e lhe escrevia tão raramente, como sabia ele o suficiente sobre seus problemas para poder ajudá-la, como diz que ele fez?

Ela enfrentou minha objeção com a máxima presteza.

– Havia vários cavalheiros que sabiam de minha triste história e se uniram para me ajudar. Um foi o senhor Stapleton, vizinho e amigo íntimo de Sir Charles. Ele foi extremamente bondoso, e foi através dele que Sir Charles soube de meus problemas.

Eu já sabia que Sir Charles Baskerville, em diversas ocasiões, havia feito de Stapleton seu intermediário na distribuição de esmolas; em decorrência disso, a afirmação da senhora refletia a verdade.

– Alguma vez a senhora escreveu a Sir Charles pedindo que fosse a seu encontro? – continuei.

A senhora Lyons corou de raiva novamente.

– Realmente, senhor, essa é uma pergunta totalmente despropositada.

– Lamento, madame, mas devo repeti-la.

– Então eu respondo; certamente não.

– Nem no próprio dia da morte de Sir Charles?

O rubor se havia desvanecido num instante e uma face mortalmente pálida estava diante de mim. Seus lábios secos não conseguiram pronunciar o "não", que mais vi que ouvi.

– Certamente, sua memória a está traindo – disse eu. – Eu poderia até citar uma passagem de sua carta. Dizia: "Por favor, por favor, como é um cavalheiro, queime esta carta e esteja no portão às 10 horas".

Pensei que ela havia desmaiado, mas se recobrou mediante um supremo esforço.

– Então não existem cavalheiros? – suspirou ela.

– A senhora está fazendo uma injustiça a Sir Charles. Ele queimou realmente a carta. Mas às vezes uma carta pode ser legível, mesmo queimada. Reconhece agora que a escreveu?

– Sim, eu a escrevi – exclamou ela, extravasando sua alma numa torrente de palavras. – Eu a escrevi. Por que o negaria? Não tenho motivos para me envergonhar disso. Queria que ele me ajudasse. Acreditava que, se tivesse uma conversa com ele, poderia obter ajuda; assim, pedi que fosse a meu encontro.

– Mas por que numa hora como aquela?

– Porque eu tinha acabado de saber que ele estava de partida para Londres no dia seguinte e poderia passar meses fora. Havia razões que me impediam de chegar lá mais cedo.

– Mas por que um encontro no jardim em vez de uma visita à casa?

– Acha que uma mulher poderia ir sozinha àquela hora à casa de um homem solteiro?

– Bem, o que aconteceu quando chegou lá?

– Nunca cheguei a ir.

– Senhora Lyons!

– Não, eu lhe juro por tudo o que me é mais sagrado. Não fui. Algo interveio para me impedir de ir.

– O que foi?

– É um assunto particular. Não posso revelá-lo.

– Então admite que marcou um encontro com Sir Charles exatamente na hora e no lugar em que ele encontrou a morte, mas nega ter ido a esse encontro.

– Essa é a verdade.

Interroguei-a muitas e repetidas vezes, mas não obtive absolutamente nada além disso.

– Senhora Lyons – disse eu, enquanto me levantava depois dessa longa e inconclusiva conversa –, a senhora está assumindo uma enorme responsabilidade e se colocando numa posição muito falsa, por não confessar de modo absolutamente aberto tudo o que sabe. Se eu tiver de pedir a ajuda da polícia, vai ver como está seriamente comprometida. Se é inocente, por que começou negando que havia escrito a Sir Charles naquela data?

– Porque fiquei com receio de que alguma falsa conclusão pudesse ser tirada disso e eu pudesse me ver envolvida num escândalo.

– E por que insistiu tanto com Sir Charles para que destruísse a carta?

– Se leu a carta, sabe.

– Não disse que li toda a carta.

– Citou parte dela.

– Citei o pós-escrito. A carta, como eu disse, tinha sido queimada e não era toda legível. Pergunto-lhe uma vez mais, por que motivo insistiu tanto para que Sir Charles destruísse essa carta que recebeu no dia da morte dele?

– É um assunto muito particular.

– Maior razão para a senhora evitar uma investigação pública.

– Então vou lhe contar. Se ouviu alguma coisa de minha infeliz história, deve saber que fiz um casamento precipitado e tive razões para lamentá-lo.

– Fiquei sabendo disso.

– Minha vida tem sido uma incessante perseguição por parte de um marido que abomino. A lei está do lado dele e todos os dias enfrento a possibilidade de que possa me forçar a viver com ele. Na ocasião em que escrevi essa carta a Sir Charles, eu soubera que havia a perspectiva de recuperar minha liberdade, se pudesse arcar com certas despesas. Isso significava tudo para mim... paz de espírito, felicidade, respeito próprio... tudo. Eu sabia da generosidade de Sir Charles e pensei que, se ele ouvisse a história de meus próprios lábios, iria me ajudar.

– Então, por que é que não foi?

– Porque nesse meio tempo recebi ajuda de outra fonte.

– Por que, então, não escreveu a Sir Charles, explicando isso?

– Era o que eu teria feito, se não tivesse visto a notícia da morte dele no jornal da manhã seguinte.

A história da mulher se sustentava, em seu conjunto, de modo coerente e todas as minhas perguntas não foram incapazes de abalá-la. Eu só poderia verificá-la descobrindo se ela havia realmente movido uma ação de divórcio contra o marido na época da tragédia ou por volta dela.

Era improvável que ela ousasse dizer que não tinha estado na mansão Baskerville, se realmente tivesse estado, pois certamente teria precisado de uma charrete para levá-la até lá e não poderia ter voltado a Coombe Tracey antes das primeiras horas da manhã. Uma excursão como essa não poderia ser mantida em segredo. Era provável, portanto, que estivesse dizendo a verdade ou, pelo menos, parte da verdade. Saí de lá frustrado e desanimado. Uma vez mais eu tinha chegado àquele beco sem saída que parecia aparecer em todo caminho pelo qual eu tentava alcançar o objetivo de minha missão. Mesmo assim, quanto mais eu pensava no semblante e nas maneiras da mulher, mais sentia que alguma coisa estava sendo escondida de mim. Por que teria empalidecido tanto? Por que teria lutado contra cada ocasião de admitir algo, até que ela fosse forçada a tanto? Por que teria sido tão reticente quanto à ocasião da tragédia? Certamente, a explicação de tudo isso não podia ser tão inocente quanto ela gostaria de me fazer acreditar. Naquele momento, eu não poderia ir mais longe naquela direção, mas deveria retornar àquela outra pista, que tinha de ser procurada entre as cabanas de pedra do pântano.

E essa era uma direção muito vaga. Dei-me conta disso enquanto viajava de volta e notei como colina após colina mostrava vestígios do povo antigo. A única indicação de Barrymore havia sido de que o forasteiro vivia numa dessas cabanas abandonadas, e muitas centenas delas se espalhavam por toda a extensão e amplidão do pântano. Mas eu tinha minha própria experiência como guia, uma vez que já havia visto o homem parado no topo do rochedo negro. Aquele, portanto, deveria ser o centro de minha busca. A partir dali, eu teria de explorar cada cabana à beira do pântano até encontrar a certa. Se esse homem estivesse dentro dela, eu deveria ouvir de seus próprios lábios, apontando o revólver se necessário, quem era ele e por que nos havia vigiado por tanto tempo. Ele podia ter nos escapado em meio à multidão da Regent Street, mas seria complicado para ele no pântano deserto. Por outro lado, se encontrasse a cabana, e seu morador não estivesse dentro dela, eu deveria permanecer ali, por mais longa que fosse a vigília, até ele voltar. Holmes o deixara escapar em Londres. Seria de fato um triunfo para mim, se conseguisse capturá-lo quando meu mestre tinha fracassado.

A sorte estivera contra nós repetidas vezes nessa investigação, mas agora, finalmente, ela veio em minha ajuda. E o mensageiro da boa sorte não foi outro senão o senhor Frankland, que estava de pé, de suíças grisalhas e rosto vermelho, do lado de fora do portão do jardim, que abria para a estrada pela qual eu viajava.

– Bom-dia, Dr. Watson – exclamou ele, com invulgar bom humor –, o senhor precisa realmente dar um descanso a seus cavalos e entrar para tomar um copo de vinho e se congratular comigo.

Meus sentimentos para com ele estavam longe de ser amistosos, depois do que tinha ouvido falar sobre o tratamento que dera à filha, mas estava ansioso para mandar Perkins e a charrete de volta para casa, e a oportunidade veio a calhar. Desmontei e pedi ao cocheiro que dissesse a Sir Henry que eu voltaria a pé a tempo para o jantar. Segui então Frankland até sua sala de jantar.

– Este é um grande dia para mim, senhor... um dos mais memoráveis de minha vida – exclamou ele, rindo disfarçadamente. – Promovi um duplo evento. Quero ensinar a todos por esses lados que lei é lei e que há um homem aqui que não tem medo de invocá-la. Estabeleci um direito de passagem pelo centro do velho parque de Middleton, bem no meio dele, a menos de cem passos da própria porta frontal. Que pensa disso? Vamos ensinar a esses magnatas que eles não podem cavalgar sem ter consideração pelos direitos dos cidadãos comuns, caramba! E fechei o bosque onde o pessoal de Fernworthy costumava fazer piquenique. Essa gente infernal parece pensar que não existem direitos de propriedade e que eles podem se esparramar em grande número onde bem quiserem com seus papéis e garrafas. Ambos os casos foram decididos, Dr. Watson, e ambos a meu favor. Não tenho um dia como este desde que consegui a condenação de Sir John Morland por violação de propriedade privada, porque ele atirou contra o próprio viveiro de coelhos.

– Mas por que cargas d'água você fez isso?

– Consulte os autos, senhor. Vale a pena ler... Frankland contra Morland, Corte Suprema de Justiça. Custou-me 200 libras, mas consegui meu veredicto.

– Isso lhe trouxe algum benefício?

– Nenhum, senhor, nenhum. Sinto-me orgulhoso em dizer que não tinha nenhum interesse na matéria. Ajo movido inteiramente por um senso de dever público. Não tenho nenhuma dúvida, por exemplo, de que o povo de Fernworthy vai me queimar em efígie esta noite. Da última vez que fizeram isso, eu disse à polícia que ela deveria acabar com essas manifestações vergonhosas. A polícia do condado está num estado escandaloso, senhor, e não me proporcionou a proteção a que tenho direito. O caso de Frankland contra Regina vai trazer o assunto à atenção do público. Eu lhes disse que teriam oportunidade de se arrepender do tratamento dispensado a mim, e minhas palavras já se tornaram realidade.

– Como assim? – perguntei.

O velho assumiu uma expressão muito consciente.

– Porque eu poderia lhes contar o que estão loucos para saber; mas nada vai me induzir a ajudar esses pilantras, de modo algum.

Eu estivera procurando por uma desculpa que me permitisse escapar dos mexericos dele, mas agora começava a querer ouvir mais. Já tinha visto bastante da natureza contraditória do velho pecador para compreender que qualquer forte sinal de interesse seria a maneira mais segura de suspender suas confidências.

– Algum caso de invasão de propriedade, sem dúvida? – perguntei, de maneira indiferente.

– Ha, ha! Meu rapaz, um assunto muito mais importante que esse! Que me diz do prisioneiro no pântano?

Tive um sobressalto.

– Não está querendo dizer que sabe onde ele está? – disse eu.

– Posso não saber exatamente onde está, mas tenho toda a certeza de que poderia ajudar a polícia a pôr as mãos nele. Nunca lhe ocorreu que a maneira de apanhar esse homem seria descobrir onde ele consegue comida e assim segui-la até ele?

Certamente, parecia que ele estava chegando incomodamente perto da verdade.

– Sem dúvida – disse eu. – Mas como sabe que ele está em algum lugar no pântano?

– Sei porque vi com meus próprios olhos o mensageiro que lhe leva comida.

Meu coração se condoeu por Barrymore. Era uma coisa séria cair em poder desse malicioso enxerido. Mas sua observação seguinte tirou um peso de minha consciência.

– O senhor ficará surpreso ao saber que a comida dele é levada por uma criança. Eu a vejo todos os dias com meu telescópio em cima do telhado. Ela passa pelo mesmo caminho à mesma hora e com quem iria se encontrar, senão com o prisioneiro?

Aquele era, na verdade, um golpe de sorte! Mesmo assim, reprimi qualquer aparência de interesse. Uma criança! Barrymore havia dito que nosso desconhecido era abastecido por um menino. Foi com a pista deste, e não com a do prisioneiro, que Frankland tinha topado. Se eu conseguisse obter o que ele sabia, poderia me poupar de uma longa e enfadonha caçada. Mas incredulidade e indiferença eram evidentemente minhas cartas mais fortes.

– Eu diria que é muito mais provável que seja o filho de um dos pastores do pântano levando o almoço do pai.

A menor aparência de oposição fazia o velho autocrata cuspir fogo. Lançou-me um olhar maligno, e suas suíças grisalhas se eriçaram como os bigodes de um gato irritado.

– Ora, ora, senhor! – disse ele, apontando para a vasta extensão do pântano. – Vê aquele rochedo negro a pique lá longe? Bem, vê a colina baixa adiante, com um espinheiro em cima? É a parte mais pedregosa de todo o pântano. Seria esse um lugar onde um pastor haveria de se instalar? Sua sugestão, senhor, é extremamente absurda.

Respondi humildemente que havia falado sem conhecer todos os fatos. Minha submissão o deixou satisfeito e o levou a mais confidências.

– Pode ter certeza, senhor, de que tenho fundamentos muito bons antes de chegar a uma opinião. Vi o menino repetidas vezes com a trouxa. Todos os dias e, não raro, duas vezes ao dia, pude... mas espere um pouco, Dr. Watson. Meus olhos estão me enganando ou há algo se movendo agora mesmo naquela encosta?

Estávamos a várias milhas de distância, mas pude ver distintamente um pequeno ponto preto contra o verde e o cinza foscos.

– Venha, senhor, venha! – gritou Frankland, correndo escada acima. – Vai ver com seus próprios olhos e julgará por si.

O telescópio, um formidável instrumento montado sobre um tripé, ficava sobre as chapas de chumbo do telhado. Frankland ajeitou rapidamente o olho nele e deu um grito de satisfação.

– Depressa, Dr. Watson, depressa, antes que ele passe para o outro lado da colina!

Lá estava ele, sem dúvida alguma, um moleque com uma pequena trouxa nos ombros, subindo lentamente a colina. Quando atingiu o topo, vi a figura andrajosa e rude, delineada por um instante contra o frio céu azul. Ele olhou ao redor, com um ar furtivo e desconfiado, como alguém que tem medo de ser seguido. Depois desapareceu do outro lado da colina.

– Bem! Estou certo?

– Certamente, há um menino que parece ter uma missão secreta.

– E que missão é essa, que até um guarda do condado poderia adivinhar. Mas eles não vão ouvir nem uma palavra sequer de mim e quero que se comprometa a guardar segredo também, Dr. Watson. Nem uma palavra! Entendeu?

– Como quiser.

– Eles me trataram de maneira vergonhosa... vergonhosamente. Quando os fatos vierem à tona em Frankland contra Regina, arrisco-me a pensar que uma onda de indignação vai correr pelo país. De qualquer modo, nada poderia me induzir a ajudar a polícia. Pelo grande cuidado que eles mostram, poderia ter sido eu, em vez de minha efígie, que esses pilantras teriam queimado na fogueira. Certamente o senhor não está indo embora! Vai me ajudar a esvaziar a garrafa de vinho em honra dessa grande ocasião!

Mas resisti a todos os seus apelos e consegui dissuadi-lo da anunciada intenção dele de me acompanhar até em casa. Eu me mantive na estrada enquanto ele ficou olhando em minha direção; e então eu enveredei pelo pântano e rumei para a colina pedregosa, na qual o menino havia desaparecido. Tudo trabalhava a meu favor e jurei que não seria por falta de energia ou perseverança que haveria de perder a oportunidade que a sorte tinha lançado em meu caminho.

O sol já se punha quando cheguei ao alto da colina e as longas encostas abaixo eram todas de um verde-dourado de um lado e, de outro, de um cinza sombrio. Uma névoa se estendia a baixa altitude sobre a linha do horizonte mais distante, da qual sobressaíam as fantásticas formas dos rochedos pontiagudos de Belliver e Vixen. Em toda aquela vasta extensão não havia nenhum som e nenhum movimento. Uma grande gaivota cinzenta ou um maçarico planava no alto do céu azul. Essa ave e eu parecíamos ser os únicos seres vivos entre a imensa abóbada do céu e o deserto abaixo dela. A cena estéril, a sensação de solidão, o mistério e a urgência de minha tarefa, tudo enregelava meu coração. O menino não podia ser visto em parte alguma. Mas bem abaixo de mim, numa fenda entre as colinas, havia um círculo das velhas cabanas de pedra e, no meio delas, havia uma que conservava um teto suficiente para proteger contra as intempéries. Meu coração saltou dentro de mim quando a vi. Essa devia ser a toca em que o estranho se escondia. Finalmente, meu pé estava na soleira do esconderijo dele – seu segredo estava ao meu alcance.

Ao me aproximar da cabana, caminhando tão cautelosamente como faria Stapleton quando, com a rede pronta, se aproximava da borboleta pousada, certifiquei-me de que o lugar realmente havia sido usado como moradia. Uma vaga trilha entre os rochedos levava à dilapidada abertura, que servia de porta. Lá dentro, tudo estava em silêncio. O desconhecido podia estar escondido ali ou vagando pelo pântano. Meus nervos estremeciam com a sensação de aventura. Jogando fora meu cigarro, apertei a mão contra o cabo de meu revólver e, andando depressa até a porta, olhei para dentro. O lugar estava vazio.

Mas havia amplos sinais de que eu não estava numa pista falsa. Era certamente ali que o homem morava. Algumas cobertas enroladas numa capa impermeável estavam pousadas sobre a mesma laje de pedra, sobre a qual o homem neolítico havia dormido outrora. As cinzas de um fogo se acumulavam numa grelha rústica. Ao lado, estavam alguns utensílios de cozinha e um balde com água pela metade. Um amontoado de latas vazias mostrava que o lugar tinha sido ocupado por algum tempo e, quando meus olhos se habituaram à diminuta luz, vi uma caneca e uma garrafa com um pouco de aguardente num canto. No meio da cabana, uma pedra chata servia de mesa e, sobre ela, estava uma pequena trouxa de pano – a mesma, sem dúvida, que eu havia visto, através do telescópio, no ombro do menino. Ela continha um pão, carne enlatada e duas latas de pêssegos em conserva. Quando fui pousá-la de novo, depois de tê-la examinado, meu coração deu um pulo ao ver que, debaixo dela, havia uma folha de papel com algo escrito. Apanhei-a e isso foi o que li, toscamente rabiscado a lápis: "O Dr. Watson foi a Coombe Tracey".

Por um minuto fiquei ali com o papel nas mãos, refletindo sobre o sentido dessa breve mensagem. Era eu, portanto, e não Sir Henry, quem estava sendo seguido por esse homem misterioso. Ele não me havia seguido pessoalmente, mas tinha posto um agente, o menino, talvez, em meu rastro; e esse era seu relatório. Possivelmente eu não havia dado nenhum passo, desde que chegara ao pântano, que não tivesse sido observado e relatado. Eu tinha sempre aquela sensação de uma força invisível, uma fina rede lançada sobre nós com infinita habilidade e delicadeza, envolvendo-nos tão sutilmente que só mesmo em algum momento supremo nos dávamos conta de estar realmente emaranhados em suas malhas.

Se havia um relatório, poderia haver outros; assim, revistei a cabana à procura deles. Mas não tinha nenhum vestígio, porém; nada do gênero e tampouco pude descobrir qualquer sinal que pudesse indicar o caráter ou as intenções do homem que vivia nesse lugar singular, salvo que devia ter hábitos espartanos e pouco se importava com os confortos da vida. Quando pensei nas chuvas torrenciais e olhei para o teto aberto, compreendi como devia ser forte e imutável o objetivo que o havia mantido naquela inóspita morada. Era ele nosso inimigo maligno ou seria, por acaso, nosso anjo da guarda? Jurei que não haveria de sair da cabana até descobrir.

Lá fora o sol se punha e o poente resplandecia, vermelho e dourado. Seu reflexo era lançado de volta em manchas avermelhadas pelas lagoas distantes, que se distribuíam pelo grande charco de

Grimpen. Lá estavam as duas torres da mansão Baskerville e, mais além, um distante borrão de fumaça que indicava o vilarejo de Grimpen. Entre os dois, atrás da colina, ficava a casa dos Stapletons. Tudo era ameno, suave e pacífico à luz dourada da tarde e, mesmo assim, ao olhar para tudo isso, minha alma não compartilhava da paz da natureza, mas estremecia diante da incerteza e do terror daquele encontro que, a cada instante, mais se aproximava. Com os nervos à flor da pele, mas mais que resoluto, sentei-me no escuro recesso da cabana e esperei com sombria paciência a chegada do morador.

E então, finalmente, o ouvi. De longe chegava o ruído brusco da batida de uma bota contra uma pedra. Depois outro e mais outro, aproximando-se sempre, sempre mais. Eu me encolhi no canto mais escuro e engatilhei a pistola no bolso, decidido a não me mostrar até que tivesse a oportunidade de ver alguma coisa do estranho. Houve uma longa pausa, que mostrou que ele tinha parado. Depois os passos voltaram a se aproximar e uma sombra atravessou a abertura da cabana.

– Está uma linda tarde, meu caro Watson – disse uma voz muito conhecida. – Na realidade, acho que ficará mais confortável aqui fora do que aí dentro.

Capítulo XII

Morte no pântano

Por um momento ou dois, fiquei sem fôlego, mal podendo acreditar em meus ouvidos. Depois recobrei minha razão e minha voz, ao mesmo tempo em que um peso esmagador de responsabilidade parecia ser tirado num instante de minha própria alma. Aquela voz fria, incisiva, irônica só podia pertencer a um homem em todo o mundo.

– Holmes! – exclamei... – Holmes!

– Saia daí – disse ele – e, por favor, tenha cuidado com o revólver.

Abaixei-me sob a rude verga da porta e lá fora estava ele, sentado numa pedra, com seus olhos cinza dançando divertidos ao se dirigirem para meu semblante assombrado. Estava magro e exausto, mas lúcido e alerta, seu severo rosto bronzeado pelo sol e maltratado pelo vento. Em seu terno de tecido de algodão e chapéu de pano, parecia um turista a mais no pântano e havia conseguido, com aquele amor felino pela limpeza pessoal, que era uma de suas características, manter o queixo tão liso e a roupa branca tão impecável como se estivesse na Baker Street.

– Nunca fiquei mais contente em ver alguém em minha vida – disse eu, ao lhe apertar a mão.

– Ou mais atônito, hein?

– Bem, devo confessar que sim.

– A surpresa não esteve toda ela de um só lado, lhe asseguro. Não fazia ideia de que você havia descoberto meu abrigo ocasional, muito menos que você estivesse dentro dele, até eu chegar a vinte passos da porta.

– Minhas pegadas, presumo?

– Não, Watson; receio que não seria capaz de reconhecer suas pegadas entre todas as outras do mundo. Se você quiser mesmo me enganar, deve mudar de tabacaria, pois quando vejo a ponta de um cigarro com a marca Bradley, Oxford Street, sei que meu amigo Watson está nas redondezas. Ela está ali, ao lado da trilha. Você a jogou no chão, sem dúvida, naquele momento supremo em que tomou de assalto a cabana vazia.

– Exatamente.

– Foi o que pensei... e conhecendo sua admirável tenacidade, fiquei convencido de que você estava de tocaia, com uma arma ao alcance da mão, esperando que o morador retornasse. Então pensou realmente que eu fosse o criminoso?

– Não sabia quem você era, mas estava decidido a descobrir.

– Excelente, Watson! E como me localizou? Viu-me, talvez, na noite da caçada ao prisioneiro, quando fui tão imprudente a ponto de permitir que a lua surgisse atrás de mim?

– Sim, foi então que o vi.

– E, sem dúvida, revistou todas as cabanas até chegar a esta?

– Não, seu menino havia sido observado e isso me indicou onde procurar.

– O velho cavalheiro com o telescópio, sem dúvida. Não consegui entender o que era quando, pela primeira vez, vi a luz brilhando na lente. – levantou-se e deu uma espiada dentro da cabana. – Ah, vejo que Cartwright trouxe algumas provisões. Que papel é este? Então, você esteve em Coombe Tracey, não é ?

– Sim.

– Para ver a senhora Laura Lyons?

– Exatamente.

– Muito bem! Evidentemente, nossas pesquisas correram em linhas paralelas e, quando unirmos nossos resultados, espero que cheguemos a um conhecimento bastante completo do caso.

– Bem, sinto-me imensamente feliz por você estar aqui, pois, na verdade, a responsabilidade e o mistério estavam ambos se tornando excessivos para meus nervos. Mas por que misteriosa razão veio parar aqui e o que andou fazendo? Pensei que estava na Baker Street, desvendando aquele caso de chantagem.

– Era isso que eu queria que você pensasse.

– Então você me usa e mesmo assim não confia em mim! – exclamei, com alguma amargura. – Acho que merecia coisa melhor de você, Holmes.

– Meu caro amigo, você foi inestimável para mim neste e em muitos outros casos, e peço que me perdoe se pareci lhe pregar uma peça. Na verdade, foi em parte por sua causa que o fiz; e foi minha avaliação do perigo que você corria que me trouxe aqui para examinar o caso por mim mesmo. Se eu estivesse com Sir Henry e com você, é evidente que meu ponto de vista seria igual ao seu e minha presença teria levado nossos temíveis adversários a ficarem em estado de alerta. Como as coisas estão, pude andar por aí como possivelmente não teria podido fazer, se estivesse morando na mansão; e continuo sendo um fator desconhecido no caso, pronto a entrar nele com toda a minha determinação num momento crítico.

– Mas por que me manter no escuro?

– Se você estivesse sabendo, isso não nos teria ajudado e, possivelmente, teria revelado minha presença. Você teria desejado me contar alguma coisa ou, em sua bondade, teria vindo me trazer algum conforto ou coisa semelhante; e assim, correríamos um risco desnecessário. Trouxe Cartwright comigo – você deve se lembrar do rapazote da agência de mensageiros – e ele cuidou de minhas necessidades básicas: um pão e um colarinho limpo. Que mais quer um homem? Ele me proporcionou um par de olhos extra sobre um par de pés muito ágil; e ambos foram inestimáveis.

– Então meus relatórios foram todos inúteis! – Minha voz tremeu quando me lembrei dos esforços e do orgulho com que os havia redigido.

Holmes tirou um maço de papéis do bolso.

– Aqui estão seus relatórios, meu caro amigo, e muito manuseados, eu lhe garanto. Tomei providências excelentes e eles só se atrasaram um dia em seu caminho. Devo cumprimentá-lo calorosamente pelo zelo e pela inteligência que demonstrou num caso extraordinariamente difícil.

Eu ainda estava bastante magoado com a decepção que me fora causada, mas o ardor do elogio de Holmes afastou a raiva de minha mente. Senti também em meu coração que ele tinha razão no que dizia e que era realmente melhor para nosso propósito que eu não soubesse que ele estava no pântano.

– Assim está melhor – disse ele, vendo a sombra se dissipar em meu rosto. – E agora me conte o resultado de sua visita à senhora Laura Lyons. Para mim não foi difícil adivinhar que foi para vê-la que você tinha ido, pois já sei que ela é a única pessoa em Coombe Tracey que poderia nos ser útil nessa questão. De fato, se você não tivesse ido hoje, seria extremamente provável que eu fosse amanhã.

O sol se havia posto e o crepúsculo caía sobre o pântano. O ar tinha esfriado e nos refugiamos na cabana em busca de calor. Ali, sentados juntos na penumbra, contei a Holmes minha conversa com a mulher. Ele ficou tão interessado que tive de repetir parte dela duas vezes antes que ficasse satisfeito.

– Isso é sumamente importante – disse ele, depois que eu havia concluído. – Preenche uma lacuna que fui incapaz de transpor neste caso extremamente complexo. Você está sabendo, talvez, que existe uma estreita intimidade entre essa senhora e aquele Stapleton?

– Não sabia de uma estreita intimidade.

– Não pode haver dúvida a respeito. Eles se encontram, se escrevem, há um completo entendimento entre os dois. Ora, esse fato põe uma arma muito poderosa em nossas mãos. Se eu pudesse, pelo menos, usá-la para desvencilhar a mulher dele...

– A mulher dele?

– Estou lhe dando uma informação agora, em troca de todas as que me deu. A senhora que se passou aqui por senhorita Stapleton é, na realidade, esposa dele...

– Deus do céu, Holmes! Tem certeza do que está dizendo? Como ele pôde permitir que Sir Henry se apaixonasse por ela?

– O fato de Sir Henry se apaixonar não podia fazer nenhum mal a ninguém, exceto ao próprio Sir Henry. Stapleton tomou especial cuidado para evitar que ele a cortejasse, como você mesmo observou. Repito que a mulher é esposa dele e não irmã.

– Mas por que essa elaborada fraude?

– Porque ele previu que ela lhe seria muito mais útil na condição de uma mulher livre.

Todos os meus instintos não mencionados, minhas vagas suspeitas subitamente tomaram forma e se concentraram no naturalista. Naquele homem insosso e impassível, com seu chapéu de palha e com sua rede para caçar borboletas, eu parecia ver algo terrível – uma criatura de infinita paciência e astúcia, com um rosto sorridente e um coração assassino.

– É ele, então, que é nosso inimigo. Foi ele que nos seguiu em Londres?

– Assim é que interpreto o enigma.

– E o aviso... deve ter vindo dela!

– Exatamente.

A forma de uma vilania monstruosa, prevista, quase adivinhada, apareceu através da escuridão que me havia circundado por tanto tempo.

– Mas tem certeza disso, Holmes? Como sabe que essa mulher é a esposa dele?

– Porque ele se distraiu a ponto de lhe contar uma parte verdadeira da vida dele, por ocasião do primeiro encontro com você e, atrevo-me a dizer, que muitas vezes se arrependeu disso desde então. Ele foi outrora diretor de uma escola no norte da Inglaterra. Ora, nada é mais fácil que seguir o rastro de um diretor de escola. Há agências escolares através das quais se pode identificar qualquer homem que tenha exercido essa profissão. Uma pequena investigação me mostrou que uma escola faliu e fechou em circunstâncias atrozes e que o proprietário dela... o nome era diferente... havia desaparecido com a esposa. As descrições se encaixavam. Quando fiquei sabendo que o homem desaparecido era devotado à entomologia, a identificação estava completa.

A escuridão se dissipava, mas ainda havia muita coisa escondida pelas sombras.

– Se essa mulher é, de verdade, a esposa dele, onde entra a senhora Laura Lyons? – perguntei.

– Esse é um dos pontos sobre os quais suas pesquisas lançaram luz. Sua conversa com a mulher elucidou muito a situação. Eu não sabia que ela e o marido pretendiam se divorciar. Nesse caso, vendo Stapleton como um homem solteiro, ela contava, sem dúvida, tornar-se a esposa dele.

– E quando ela se desiludir?

– Ora, é então que essa mulher poderá nos ser útil. Deverá ser nossa primeira tarefa ir vê-la, nós dois, amanhã. Não acha, Watson, que já passou muito tempo longe de sua função? Seu lugar deveria ser na mansão Baskerville.

As últimas linhas vermelhas se haviam desvanecido no oeste, e a noite tinha baixado sobre o pântano. Algumas estrelas tímidas brilhavam num céu violeta.

– Uma última pergunta, Holmes – disse eu, ao me levantar. –

Certamente não há nenhuma necessidade de segredo entre nós dois. Qual é o sentido de tudo isso? O que é que ele quer?

Holmes baixou a voz ao responder:

– É assassinato, Watson... assassinato refinado, a sangue-frio, deliberado. Não me peça detalhes. Minhas redes estão se fechando sobre ele, assim como as dele sobre Sir Henry; e, com sua ajuda, ele está quase em minhas mãos. Há somente um perigo que pode nos ameaçar. É que ele ataque antes que estejamos prontos para fazê-lo. Mais um dia... dois, no máximo... e vou ter meu caso completo; mas até lá cuide de seu protegido com tanto zelo como uma mãe extremosa vela o filho doente. Sua missão hoje se justificou e, mesmo assim, eu quase teria preferido que você não tivesse saído do lado dele. Escute!

Um grito terrível – um prolongado urro de horror e angústia – irrompeu do silêncio do pântano. Esse grito horroroso gelou o sangue em minhas veias.

– Oh! Meu Deus! – exclamei, ofegante. – Que é isso? O que significa?

Holmes tinha saltado em pé e vi sua silhueta escura atlética no vão da porta da cabana, com os ombros caídos, a cabeça projetada para a frente e o rosto perscrutando a escuridão.

– Psiu! – sussurrou ele. – Silêncio!

O grito tinha sido bem alto em razão de sua veemência, mas havia ressoado de algum lugar muito distante da planície escura. Agora feria nossos ouvidos mais perto, mais alto e mais urgente que antes.

– Onde é isso? – sussurrou Holmes; e soube pela emoção em sua voz que ele, homem de ferro, estava abalado até a alma. – De onde vem isso, Watson?

– Dali, eu acho – apontei para a escuridão.

– Não, dali!

Novamente, o grito angustiado varreu a noite silenciosa, mais alto e muito mais perto que nunca. E um novo som se misturou com ele, um ribombo murmurante, profundo, musical e, mesmo assim, ameaçador, aumentando e diminuindo como o murmúrio baixo e constante do mar.

– O cão! – exclamou Holmes. – Vamos, Watson, vamos! Deus queira que não cheguemos tarde!

Ele tinha começado a correr velozmente pelo pântano e eu o segui em seus calcanhares. Mas agora, de algum lugar do terreno acidentado, imediatamente à nossa frente, veio um último grito desesperado e depois um baque surdo, pesado. Paramos e ficamos à escuta. Nenhum outro som quebrou o silêncio pesado da noite sem vento.

Vi Holmes levar a mão à testa, como um homem confuso. Bateu o pé no chão.

– Ele nos venceu, Watson. Estamos atrasados demais.

– Não, não, com certeza não!

– Como fui tolo em me conter! E você, Watson, veja no que dá abandonar sua função! Mas, por Deus, se o pior tiver acontecido, nós o vingaremos!

Corremos cegamente pela escuridão, tropeçando nas pedras, abrindo caminho por entre moitas de tojo, ofegando em colinas acima e correndo encostas abaixo, seguindo sempre na direção de onde aqueles sons pavorosos tinham vindo. Em cada elevação, Holmes olhava ansiosamente em volta, mas a escuridão era espessa sobre o pântano e nada se movia em sua face árida.

– Consegue ver alguma coisa?

– Nada.

– Mas, escute, o que é isso?

Um gemido baixo chegara a nossos ouvidos. Lá estava novamente, à nossa esquerda! Nesse lado, uma cadeia de rochedos terminava num penhasco abrupto, que dominava uma encosta pedregosa. Sobre sua face recortada, estava estendido um objeto escuro, irregular. Enquanto corríamos em direção a ele, o vago contorno assumiu uma forma definida. Era um homem prostrado de bruços no chão, a cabeça dobrada sob o corpo, num ângulo horrível, os ombros encolhidos e o corpo agachado como se estivesse no ato de dar um salto mortal. A postura era tão grotesca que, por um instante, não pude me dar conta de que aquele gemido havia sido o último suspiro. Nem um sussurro nem um murmúrio se erguiam agora da figura escura sobre a qual nos debruçávamos. Holmes pousou a mão sobre ela e levantou-a de novo, com uma exclamação de horror. A chama do fósforo que acendeu brilhou sobre seus dedos melados e sobre a poça horripilante que se alargava lentamente a partir do crânio esmagado da vítima. E brilhou sobre mais alguma coisa que deixou nosso coração em frangalhos... o corpo de Sir Henry Baskerville!

Não havia chance de que um de nós dois tivesse esquecido aquele peculiar terno avermelhado, o mesmo que ele havia usado na primeira manhã em que o tínhamos visto na Baker Street. Pudemos vê-lo claramente de relance e então a chama do fósforo tremeu e se apagou, exatamente no momento em que a esperança tinha abandonado nossa alma. Holmes gemeu e seu rosto brilhou palidamente na escuridão.

– Esse bruto! Esse bruto! – gritei, de mãos cerradas. – Oh! Holmes, nunca poderei me perdoar por tê-lo abandonado à própria sorte.

– A culpa é mais minha que sua, Watson. Para ter meu caso bem concatenado e completo, joguei fora a vida de meu cliente. É o maior golpe que sofri em minha carreira. Mas como eu poderia saber... como poderia saber... que ele arriscaria a vida saindo sozinho pelo pântano, diante de todas as minhas advertências?

– Pensar que ouvimos seus gritos – meu Deus, esses gritos! – e ainda assim não fomos capazes de salvá-lo! Onde estará esse bruto de um cão que o impeliu à morte? Talvez esteja escondido entre essas rochas neste exato momento. E, Stapleton, onde está ele? Haverá de responder por seu ato.

– Sim. Vou cuidar disso. Tio e sobrinho foram assassinados... um amedrontado até a morte pela simples visão de um animal, que pensou que era sobrenatural; o outro, impelido para seu fim em sua fuga desatinada para escapar dele. Mas agora temos de provar a conexão entre o homem e o animal. Salvo pelo que ouvimos, não podemos nem mesmo jurar pela existência deste último, uma vez que Sir Henry evidentemente morreu pela queda. Mas, por Deus, por mais ardiloso que seja, o sujeito estará em meu poder antes que se passe mais um dia!

Ficamos ali, um em cada lado do corpo destroçado, com o coração dilacerado, oprimidos por esse súbito e irrevogável desastre que punha fim, de modo tão lastimável, a todos os nossos longos e cansativos esforços. Depois, quando a lua surgiu, subimos até o topo dos rochedos, de onde nosso pobre amigo havia caído, e do cume contemplamos o pântano sombrio, um tanto prateado e escuro. Muito longe, a milhas de distância, na direção de Grimpen, brilhava uma única luz, amarela e firme. Só podia vir da casa isolada dos Stapletons. Com uma praga mordaz, levantei os punhos para ela enquanto a fitava.

– Por que não o agarramos imediatamente?

– Nosso caso não está completo. O sujeito é cauteloso e astuto no mais elevado grau. Não se trata do que sabemos, mas do que podemos provar. Se dermos um passo em falso, o vilão ainda poderá nos escapar.

– Que podemos fazer?

– Haverá muita coisa a fazer amanhã. Hoje, só podemos prestar os últimos ofícios a nosso pobre amigo.

Descemos juntos a encosta íngreme e nos aproximamos do corpo, negro e nítido contra as pedras prateadas. A agonia daqueles membros contorcidos me causou um espasmo de dor e me encheu os olhos de lágrimas.

– Temos de pedir ajuda, Holmes! Não podemos carregá-lo por todo o caminho até a mansão. Meu Deus, você está louco?

Ele tinha soltado um grito e se havia inclinado sobre o corpo. Agora estava dançando e rindo e apertando minha mão. Poderia esse ser meu severo e reservado amigo? Na verdade, brasas cobertas pela cinza!

– Uma barba! Uma barba! O homem tem barba!

– Barba?

– Não é o baronete. É, ora, é meu vizinho, o prisioneiro!

Com uma pressa febril, viramos o corpo, e aquela barba encharcada estava apontando para a fria e clara lua. Não restava dúvida quanto à testa saliente, os olhos fundos, animais. Era, de fato, o mesmo rosto que havia brilhado à luz da vela de cima da rocha... o rosto de Selden, o criminoso.

Então, num instante, tudo ficou claro para mim. Lembrei-me de que o baronete me havia contado que tinha dado seu velho guarda-roupa para Barrymore. Por sua vez, Barrymore o havia passado adiante para ajudar Selden na fuga. Botas, camisa, boné... era tudo de Sir Henry. A tragédia ainda era bastante lúgubre, mas esse homem havia, pelo menos, merecido a morte pelas leis de seu país. Contei a Holmes o fato, com meu coração transbordando de gratidão e alegria.

– Então as roupas foram a causa da morte do pobre diabo – disse ele. – Está bastante claro que deram algum pertence de Sir Henry para o cão cheirar – com toda a probabilidade, a bota que foi furtada no hotel – e assim ele partiu em perseguição a esse homem. Há, porém, uma coisa muito singular: como Selden pôde saber, no escuro, que o cão estava no encalço dele?

– Ele o ouviu.

– Ouvir um cão no pântano não lançaria um homem duro como esse prisioneiro num tal paroxismo de terror que ele se arriscasse a ser recapturado gritando freneticamente por socorro. Por seus gritos, deve ter corrido uma longa distância depois de saber que o animal estava atrás dele. Como sabia?

– Um mistério ainda maior para mim é por que esse cão, presumindo que todas as nossas conjeturas estejam corretas...

– Eu não presumo nada.

– Bem, então por que esse cão estaria solto esta noite? Suponho que ele não ande sempre pelo pântano. Stapleton não o deixaria sair, a menos que tivesse razões para pensar que Sir Henry deveria estar lá.

– Minha dificuldade aqui é a maior das duas, pois acho que muito em breve haveremos de ter uma explicação para a sua, enquanto a minha poderá permanecer para sempre um mistério. A questão agora é: que devemos fazer com o corpo desse pobre infeliz? Não podemos deixá-lo aqui para as raposas e os corvos.

– Sugiro que o levemos para uma das cabanas, até que possamos nos comunicar com a polícia.

– Exatamente. Não tenho dúvida de que você e eu vamos conseguir carregá-lo até lá. Opa, Watson, que é isso? É ele mesmo, o homem em pessoa, por mais extraordinário e ousado que possa parecer! Nem uma palavra sequer que mostre suas suspeitas... nem uma palavra, ou meus planos cairão por terra.

Um vulto estava se aproximando de nós pelo pântano e vi o fulgor vermelho embotado de um charuto. A lua brilhava sobre ele e pude distinguir a esmerada forma e o vistoso andar do naturalista. Ele parou quando nos viu e depois tornou a se aproximar.

– Ora, Dr. Watson, é o senhor mesmo, é? É o último homem que eu teria esperado ver no pântano a essa hora da noite. Mas, meu Deus, o que é isso? Alguém ferido? Não... não diga que é nosso amigo Sir Henry!

Passou depressa por mim e se inclinou sobre o homem morto. Ouvi dele uma forte inspiração de ar, e o charuto lhe caiu dos dedos.

– Quem... quem é este? – gaguejou ele.

– É Selden, o homem que fugiu de Princetown.

Stapleton se voltou para nós com um rosto pálido, mas por um supremo esforço havia dominado seu espanto e desapontamento. Lançou um olhar penetrante para Holmes e para mim.

– Meu Deus! Que coisa mais chocante! Como ele morreu?

– Parece ter quebrado o pescoço ao cair sobre essas rochas. Meu amigo e eu estávamos passeando pelo pântano quando ouvimos um grito.

– Ouvi um grito também. Foi o que me trouxe aqui. Eu estava preocupado com Sir Henry.

– Por que com Sir Henry em particular? – não pude deixar de perguntar.

– Porque eu havia sugerido que viesse nos ver. Quando não apareceu, fiquei surpreso e, naturalmente, alarmado por sua segurança quando ouvi gritos no pântano. A propósito – seus olhos correram de novo de meu rosto para o de Holmes –, ouviram alguma coisa mais, além de um grito?

– Não – disse Holmes. – O senhor ouviu?

– Não.

– O que quer dizer, então?

– Oh! Os senhores conhecem as histórias que os camponeses contam sobre um cão fantasma e assim por diante. Dizem que o ouvem à noite no pântano. Estava me perguntando se teria havido algum indício desse som esta noite.

– Não ouvimos nada desse tipo – disse eu.

– E qual é sua teoria sobre a morte desse pobre sujeito?

– Não tenho dúvida de que a ansiedade e a exposição às intempéries o deixaram doido. Ele correu pelo pântano num estado de loucura e consequentemente caiu aqui,

quebrando o pescoço.

– Parece a teoria mais sensata – disse Stapleton, e deu um suspiro que, para mim, indicava alívio. – Que pensa sobre isso, senhor Sherlock Holmes?

Meu amigo curvou-se, num cumprimento.

– O senhor é rápido na identificação – disse ele.

– Estivemos esperando pelo senhor por esses lados desde que o Dr. Watson chegou. Veio a tempo de ver uma tragédia.

– Sim, é verdade. Não tenho dúvida de que a explicação de meu amigo responde aos fatos. Vou levar comigo uma lembrança desagradável para Londres amanhã.

– Oh! Vai voltar amanhã?

– Essa é minha intenção.

– Espero que sua visita tenha lançado alguma luz sobre essas ocorrências que nos desconcertaram.

Holmes deu de ombros.

– Nem sempre podemos ter o sucesso que esperamos. Um investigador precisa de fatos e não de lendas ou boatos. Não foi um caso satisfatório.

Meu amigo falou da maneira mais franca e indiferente. Stapleton ainda olhava seriamente para ele. Depois se voltou para mim.

– Eu sugeriria que carregássemos esse pobre sujeito para minha casa, mas isso causaria tamanho medo à minha irmã que não me sinto no direito de fazê-lo. Acho que, se pusermos algo sobre o rosto dele, ficará em segurança até de manhã.

Assim foi feito. Resistindo à oferta de hospitalidade de Stapleton, Holmes e eu partimos para a mansão Baskerville, deixando o naturalista voltar sozinho. Olhando para trás, vimos seu vulto se afastando lentamente pelo vasto pântano e, atrás dele, aquela única mancha preta na encosta prateada, que mostrava onde jazia o homem que havia chegado de forma tão horrível a seu fim.

Capítulo XIII

Armando as redes

— Finalmente, estamos perto de agarrá-lo – disse Holmes, enquanto caminhávamos juntos pelo pântano. – Que nervos tem esse sujeito! Como recobrou o autocontrole diante do que deve ter sido um choque paralisante quando descobriu que o homem errado tinha caído como vítima de sua trama. Eu disse em Londres, Watson, e volto a dizer agora, que nunca tivemos um adversário mais digno de nossa espada.

– Lamento que ele o tenha visto.

– Também lamentei, de início. Mas não havia escapatória.

– Que efeito acha que terá sobre os planos dele agora que sabe que você está aqui?

– Poderá levá-lo a ser mais cauteloso ou impeli-lo a tomar medidas desesperadas de imediato. Como a maioria dos criminosos inteligentes, ele pode confiar demais na própria astúcia e imaginar que nos enganou completamente.

– Por que não o prendemos imediatamente?

– Meu caro Watson, você nasceu para ser um homem de ação. Seu instinto é sempre tomar uma atitude enérgica. Mas supondo, para efeito de raciocínio, que o prendêssemos esta noite, de que realmente nos adiantaria isso? Não poderíamos provar nada contra ele. Essa é a esperteza diabólica da coisa! Se ele estivesse agindo através de um agente humano, poderíamos obter alguns indícios, mas se tivéssemos de arrastar esse enorme cão para a luz do dia, isso não nos ajudaria a pôr uma corda no pescoço de seu dono.

– Certamente, temos base para um processo.

– Nem por sombra... apenas suposição e conjeturas. Seríamos expulsos do tribunal em meio a risadas, se chegássemos com semelhante história e semelhantes evidências.

– Há a morte de Sir Charles.

– Encontrado morto sem uma só marca sobre ele. Você e eu sabemos que ele morreu de puro pavor e sabemos também o que o apavorou, mas como vamos convencer disso doze jurados impassíveis? Que sinais há de um cão? Onde estão as marcas de seus caninos? Claro que sabemos que um cão não morde um cadáver e que Sir Charles estava morto antes que o animal o alcançasse. Mas temos de provar tudo isso e não temos condições de fazê-lo.

– Muito bem, e esta noite?

– Não estamos em situação muito melhor esta noite. Novamente, não havia nenhuma ligação direta entre o cão e a morte do homem. Nunca vimos o cão. Nós o ouvimos, mas não poderíamos provar que ele estava correndo no encalço desse homem. Há uma completa ausência de motivo. Não, meu caro amigo; temos de nos conformar com o fato de que não temos nenhuma causa no momento e de que vale a pena corrermos qualquer risco para estabelecer uma.

– E como propõe fazer isso?

– Tenho grandes esperanças no que a senhora Laura Lyons poderá fazer por nós quando a situação toda ficar bem clara para ela. E tenho meus próprios planos também. Para o dia de amanhã, basta o seu mal; mas espero, antes que o dia termine, levar finalmente a melhor.

Não pude arrancar mais nada dele; e ele foi caminhando, perdido em pensamentos, até os portões de Baskerville.

– Vai entrar?

– Sim; não vejo razão para continuar me escondendo. Mas uma última palavra, Watson. Não diga nada sobre o cão a Sir Henry. Deixe-o pensar que a morte de Selden foi como Stapleton gostaria que acreditássemos. Ele terá mais coragem para a provação que vai ter de enfrentar amanhã quando, se me lembro bem de seu relatório, está comprometido a ir jantar com essas pessoas.

– E eu também.

– Então você deve se desculpar e ele deverá ir sozinho. Isso será facilmente arranjado. E agora, se estamos atrasados demais para o jantar, acho que estamos, nós dois, prontos para a ceia.

Sir Henry ficou mais satisfeito que surpreso ao ver Sherlock Holmes, pois havia alguns dias esperava que os eventos recentes o trouxessem de Londres. Ergueu as sobrancelhas, porém, ao descobrir que meu amigo não tinha nem bagagem nem qualquer explicação para sua ausência. Entre nós, logo o acalmamos em seus anseios e depois, durante uma ceia tardia, explicamos ao baronete o que parecia desejável que ele soubesse de nossa experiência. Antes, porém, coube a mim o desagradável dever de comunicar, a Barrymore e à esposa, a morte de Selden. Para ele, pode ter sido um alívio completo, mas ela chorou amargamente. Para todo o mundo, era um homem violento, meio animal e meio demônio; mas, para ela, continuara sendo sempre o menino voluntarioso de sua própria juventude, a criança que vivia agarrada à sua mão. Na verdade, desgraçado é o homem que não tem uma mulher para pranteá-lo.

– Passei o dia todo enfadado, andando pela casa desde que Watson saiu de manhã – disse o baronete. – Acho que mereço algum elogio, pois cumpri minha promessa. Se não tivesse jurado não sair sozinho, poderia ter passado uma noite mais animada, pois recebi um recado de Stapleton, pedindo-me para ir até lá.

– Não tenho dúvida alguma de que teria passado uma noite mais animada – disse Holmes, secamente. – A propósito, suponho que não goste que nós o estivemos pranteando por ter quebrado o pescoço.

Sir Henry arregalou os olhos.

– Como assim?

– Esse pobre infeliz estava vestido com suas roupas. Temo que o criado, que as deu para ele, possa ter problemas com a polícia.

– Isso é improvável. Não havia nenhuma marca em nenhuma das peças, pelo que sei.

– Sorte dele. De fato, sorte de todos vocês, porque estão todos contra a lei nessa questão. Não estou certo de que, como detetive consciencioso, meu primeiro dever não fosse o de prender a casa inteira. Os relatórios de Watson são documentos extremamente incriminadores.

– Mas quanto ao caso? – perguntou o baronete. – Conseguiu desvendar alguma coisa do emaranhado? Acredito que Watson e eu não fizemos qualquer progresso nesse sentido, desde que chegamos aqui.

– Creio que em breve estarei em condições de tornar a situação muito mais clara para você. Foi um caso extremamente difícil e complicado. Há vários pontos, sobre os quais ainda precisamos de mais luz... mas, de qualquer maneira, está chegando ao fim.

– Tivemos uma experiência, como Watson, sem dúvida, lhe contou. Ouvimos o cão no pântano, de modo que posso jurar que nem tudo é pura superstição. Lidei um pouco com cachorros quando estava no Oeste e conheço quando ouço um. Se você conseguir amordaçar e acorrentar esse, estarei pronto a jurar que é o maior detetive de todos os tempos.

– Acho que vou amordaçá-lo e acorrentá-lo muito bem, se me der sua ajuda.

– O que quiser que eu faça, o farei.

– Muito bem; e vou lhe pedir que o faça cegamente, sem jamais perguntar o motivo.

– Como quiser.

– Se fizer isso, creio que teremos chance de resolver nosso pequeno problema em breve. Não tenho dúvida...

Parou repentinamente e ficou de olhos fixos no ar, por sobre minha cabeça. A luz batia sobre seu rosto, e este estava tão atento e tão quieto que poderia ter sido o de uma estátua bem talhada, uma personificação da vigilância e da expectativa.

– O que é? – exclamamos os dois.

Pude ver, quando baixou os olhos, que reprimia uma emoção íntima. Seus traços ainda estavam compostos, mas seus olhos brilhavam com divertida exultação.

– Desculpem a admiração de um verdadeiro conhecedor – disse ele, enquanto levantava a mão na direção da linha de retratos que cobria a parede oposta. – Watson não admite que eu conheça nada de arte, mas isso é puro ciúme, porque nossos pontos de vista sobre o assunto diferem. Ora, essa é realmente uma bela série de retratos.

– Bem, alegra-me ouvi-lo dizer isso – disse Sir Henry, olhando de relance e com certa surpresa para meu amigo. – Não pretendo conhecer muito sobre essas coisas e saberia julgar melhor um cavalo ou um novilho que uma pintura. Não sabia que encontrava tempo para essas coisas.

– Sei o que é bom quando o vejo e estou vendo agora. Aquele é um Kneller, posso jurar; a dama de vestido de seda azul lá adiante e o robusto cavalheiro de peruca deve ser um Reynolds. São todos retratos de família, presumo.

– Todos.

– Sabe os nomes?

– Barrymore andou me instruindo sobre eles e acho que posso repetir minhas lições razoavelmente bem.

– Quem é o cavalheiro com o telescópio?

– Aquele é o contra-almirante Baskerville, que serviu sob Rodney nas Índias Ocidentais. O homem de casaco azul e com o rolo de papel é Sir William Baskerville, que foi presidente de comissões da Câmara dos Comuns sob Pitt.

– E esse cavaleiro do rei, aí em frente... aquele de veludo preto e guarnecido de rendas?

– Ah! Você tem o direito de saber sobre ele. Esse é a causa de todo o mal, o perverso Hugo, que deu início à história do Cão dos Baskervilles. Provavelmente não o esqueceremos.

Contemplei o retrato com interesse e com alguma surpresa.

– Meu Deus! – disse Holmes. – Parece um homem tranquilo, de maneiras bastante gentis, mas ouso dizer que havia um demônio oculto em seus olhos. Eu o imaginava uma pessoa mais robusta e brutal.

– Não há nenhuma dúvida a respeito da autenticidade, pois o nome e a data, 1647, estão atrás da tela.

Holmes pouco falou além disso, mas o quadro do velho fanfarrão parecia exercer um fascínio sobre ele, e seus olhos estavam continuamente fixos nele durante a ceia. Foi somente mais tarde, quando Sir Henry se havia retirado para seu quarto, que pude seguir o fio de seus pensamentos. Ele me levou de volta para a sala de banquetes, de vela na mão, e a levantou contra o retrato manchado pelo tempo, na parede.

– Vê alguma coisa ali?

Olhei para o amplo chapéu emplumado, a peruca de cabelos encaracolados, a gola de renda branca e o rosto honrado e severo, que estava emoldurado entre eles. Não era uma expressão brutal, mas afetada, dura e austera, com uma boca decidida, de lábios finos, e um olhar friamente intolerante.

– É parecido com alguém que você conhece?

– Há alguma coisa de Sir Henry no queixo.

– Só uma sugestão, talvez. Mas espere um instante!

Subiu numa cadeira e, segurando a vela na mão esquerda, dobrou o braço direito sobre o amplo chapéu e em torno dos longos cachos de cabelo.

– Deus do céu! – exclamei, com espanto.

O rosto de Stapleton havia saltado da tela.

– Ha, ha! Agora você percebe. Meus olhos foram treinados para examinar rostos e não seus adornos. A primeira qualidade de um investigador criminal é a de ser capaz de ver através de um disfarce.

– Mas isso é maravilhoso. Poderia ser o retrato dele.

– Sim, é um interessante exemplo de atavismo, que parece ser tanto físico quanto espiritual. Um estudo de retratos de família é suficiente para converter um homem à doutrina da reencarnação. O sujeito é um Baskerville... isso é evidente.

– Com interesses na sucessão.

– Exatamente. Esse acaso do quadro nos forneceu um de nossos mais óbvios elos perdidos. Ele está em nossas mãos, Watson, nós o apanhamos, e juro que antes da noite de amanhã estará se debatendo em nossa rede, tão impotente como uma das borboletas dele. Um alfinete, uma rolha e um cartão, e nós o acrescentaremos à coleção da Baker Street!

Ele explodiu num de seus raros acessos de riso quando deixou de contemplar o quadro. Não o ouvi rir muitas vezes e isso sempre se revelou de mau agouro para alguém.

Acordei cedo de manhã, mas Holmes já estava de pé mais cedo ainda, pois o vi, enquanto me vestia, subindo pelo caminho.

– Sim, vamos ter um dia cheio hoje – observou ele, e esfregou as mãos com a alegria da ação. – As redes estão todas em posição, e o arrastão está prestes a começar. Vamos saber antes do final do dia se apanhamos nosso grande peixe de mandíbulas retraídas ou se ele conseguiu escapar através das malhas.

– Já esteve no pântano?

– Enviei um relatório de Grimpen para Princetown sobre a morte de Selden. Acho que posso prometer que nenhum de vocês dois será perturbado por causa desse fato. E me comuniquei também com meu fiel Cartwright, que certamente teria definhado à porta de minha cabana, como um cão junto ao túmulo do dono, se eu não o tivesse tranquilizado quanto à minha segurança.

– Qual é o próximo passo?

– Ver Sir Henry. Ah! Aqui está ele!

– Bom-dia, Holmes – disse o baronete. – Você parece um general quando está planejando uma batalha com o chefe de seu estado-maior.

– Essa é exatamente a situação. Watson estava pedindo ordens.

– O mesmo faço eu.

– Muito bem. Você está comprometido, pelo que sei, a jantar com nossos amigos, os Stapletons, esta noite.

– Espero que vá também. São pessoas muito hospitaleiras e tenho certeza de que ficariam muito contentes em vê-lo.

– Receio que Watson e eu devemos ir para Londres.

– Para Londres?

– Sim, acho que poderíamos ser mais úteis lá, na atual conjuntura.

O rosto do baronete deixou transparecer toda a sua decepção.

– Eu esperava que fossem me ajudar a terminar com esse caso. A mansão e o pântano não são lugares muito agradáveis quando se está sozinho.

– Meu caro amigo, deve confiar tacitamente em mim e fazer exatamente o que lhe digo. Pode dizer a seus amigos que teríamos ficado felizes em acompanhá-lo, mas negócios urgentes exigiram nossa presença na cidade. Esperamos voltar de imediato para Devonshire. Vai se lembrar de lhes dar esse recado?

– Se insiste nisso.

– Não há alternativa, eu lhe garanto.

Vi, pela testa anuviada do baronete, que ele estava profundamente magoado pelo que via como nossa deserção.

– Quando pretende ir? – perguntou ele, friamente.

– Imediatamente depois do café da manhã. Vamos de carruagem até Coombe Tracey, mas Watson vai deixar suas coisas como garantia de que voltará para cá. Watson, você deverá enviar um bilhete a Stapleton, dizendo que lamenta não poder ir.

– Gostaria muito de ir para Londres com vocês – disse o baronete. – Por que devo ficar aqui sozinho?

– Porque este é seu posto. Porque me deu sua palavra de que faria o que eu lhe dissesse, e eu lhe digo que fique.

– Tudo bem, então, vou ficar.

– Mais uma instrução! Quero que vá de charrete à casa Merripit. Mas mande seu veículo de volta e deixe-os saber que pretende voltar para casa a pé.

– Atravessar o pântano caminhando?

– Sim.

– Mas é exatamente isso que me aconselhou tantas vezes a não fazer!

– Dessa vez pode fazê-lo em segurança. Se eu não tivesse plena confiança em sua fibra e coragem, não haveria de sugerir isso, mas é essencial que o faça.

– Então é o que farei.

– E, se dá valor à sua vida, não atravesse o pântano em qualquer direção, a não ser ao longo da trilha reta que leva da casa Merripit para a estrada de Grimpen, que é seu caminho natural para casa.

– Vou fazer exatamente o que diz.

– Muito bem. Gostaria de partir logo depois do café, se possível, de modo que possa chegar em Londres à tarde.

Eu estava estupefato com esse programa, embora me lembrasse de que Holmes havia dito a Stapleton, na noite anterior, que sua visita terminaria no dia seguinte. Não me havia passado pela cabeça, porém, que ele queria que eu fosse com ele, nem podia entender como nós dois poderíamos estar ausentes num momento que ele mesmo declarou ser crítico. Não havia nada a fazer, no entanto, senão obedecer tacitamente; assim, nós nos despedimos de nosso pesaroso amigo e um par de horas depois estávamos na estação de Coombe Tracey e havíamos mandado de volta a charrete. Um menino baixinho estava à nossa espera na plataforma.

– Alguma ordem, senhor?

– Você vai tomar este trem para a cidade, Cartwright. Assim que chegar, vai enviar um telegrama para Sir Henry Baskerville, em meu nome, para dizer que, se encontrar a carteira que deixei cair, deve enviá-la, registrada, para a Baker Street.

– Sim, senhor.

– E pergunte no escritório da estação se há alguma mensagem para mim.

O menino voltou com um telegrama, que Holmes me entregou. Dizia:

"Telegrama recebido. Vou com mandado não assinado. Chego cinco e quarenta.

Lestrade."

– É uma resposta ao que enviei esta manhã. Ele é o melhor dos profissionais, creio eu, e podemos precisar da ajuda dele. Agora, Watson, acho que não podemos empregar melhor nosso tempo do que fazendo uma visita à sua conhecida, senhora Laura Lyons.

Seu plano de campanha começava a ficar evidente. Ele usaria o baronete para convencer os Stapletons de que realmente tínhamos partido, ao passo que, na realidade, haveríamos de retornar no instante em que provavelmente deveríamos ser necessários. Aquele telegrama de Londres, se mencionado por Sir Henry aos Stapletons, deveria eliminar as últimas suspeitas da mente deles. Já me parecia ver nossas redes se apertando em torno daquele peixe de mandíbulas retraídas.

A senhora Laura Lyons estava no escritório dela, e Sherlock

Holmes abriu sua entrevista com uma franqueza e objetividade que a deixaram consideravelmente espantada.

– Estou investigando as circunstâncias que cercaram a morte do falecido Sir Charles Baskerville – disse ele. – Meu amigo aqui, Dr. Watson, me informou do que a senhora lhe comunicou e também do que se esquivou em relação a esse assunto.

– Do que foi que me esquivei? – perguntou ela, desafiadoramente.

– A senhora confessou que pediu a Sir Charles para estar no portão às 10 horas. Sabemos que esse foi o lugar e a hora da morte dele. A senhora escondeu a relação existente entre esses dois eventos.

– Não há relação nenhuma.

– Nesse caso, tratou-se realmente de uma extraordinária coincidência. Mas acho que, afinal de contas, vamos conseguir estabelecer uma relação. Desejo ser totalmente franco, senhora Lyons. Consideramos esse caso como um assassinato, e os indícios podem implicar não somente seu amigo, o senhor Stapleton, mas a esposa dele também.

A dama deu um pulo na cadeira.

– A esposa dele! – exclamou ela.

– O fato não é mais um segredo. A pessoa que se passou por irmã dele é, na realidade, sua esposa.

A senhora Lyons tinha voltado a sentar-se. Suas mãos agarravam os braços da cadeira e vi que as unhas rosadas haviam se tornado brancas com a pressão do aperto.

– Esposa dele! – repetiu ela. – Esposa dele! Ele não é um homem casado.

Sherlock Holmes deu de ombros.

– Prove-me isso! Prove-me isso! E se conseguir...!

O brilho feroz de seus olhos dizia mais que quaisquer palavras.

– Vim preparado para isso – disse Holmes, tirando vários papéis do bolso. – Aqui está uma fotografia do casal tirada em York, quatro anos atrás. No verso, está escrito "senhor e senhora Vandeleur", mas a senhora não terá nenhuma dificuldade em reconhecê-lo, e também a ela, se a conhece de vista. Aqui estão três descrições por escrito de testemunhas confiáveis que conheceram o senhor e a senhora Vandeleur, que dirigiam a escola particular St. Oliver, nessa época. Leia-as e veja se pode duvidar da identidade dessas pessoas.

Ela correu os olhos pelos papéis e depois olhou para nós com o semblante resoluto e rígido de uma mulher desesperada.

– Senhor Holmes – disse ela –, esse homem se ofereceu para se casar comigo com a condição de que eu me divorciasse de meu marido. Ele mentiu para mim, esse pilantra, de todas as maneiras concebíveis. Jamais me disse uma palavra verdadeira. E por que... por quê? Imaginei que era tudo por amor a mim. Mas agora vejo que nunca passei de um instrumento nas mãos dele. Por que eu deveria continuar fiel a ele, que nunca foi fiel a mim? Por que deveria tentar protegê-lo das consequências das perversas ações dele? Pergunte-me o que quiser e não haverá nada que eu tente ocultar. Uma coisa eu lhe juro, ou seja, quando escrevi a carta, jamais sonhava em fazer algum mal ao velho cavalheiro, que havia sido meu mais bondoso amigo.

– Acredito inteiramente na senhora, madame – disse Sherlock Holmes. – A narrativa desses eventos lhe deve ser muito penosa e talvez seja facilitada, se eu lhe contar o que aconteceu; e a senhora poderá me corrigir, se eu cometer algum erro importante. O envio dessa carta lhe foi sugerido por Stapleton?

– Ele a ditou.

– Presumo que a razão que deu foi que a senhora receberia ajuda de Sir Charles para enfrentar as despesas legais relativas a seu divórcio?

– Exatamente.

– E então, depois que a senhora havia enviado a carta, ele a dissuadiu de comparecer ao encontro?

– Disse-me que ofenderia seu amor-próprio que outro homem fornecesse o dinheiro para esse objetivo e que, embora ele mesmo fosse pobre, daria seu último penny para remover os obstáculos que nos separavam.

– Parece ser alguém de caráter muito firme. E depois não soube de nada até ler as notícias da morte no jornal?

– Não.

– E ele a fez jurar não dizer nada sobre o encontro marcado com Sir Charles?

– Sim. Disse que foi uma morte muito misteriosa e que eu certamente seria suspeita se os fatos viessem à tona. Atemorizou-me para que eu ficasse em silêncio.

– Obviamente. Mas a senhora teve suas suspeitas?

Ela hesitou e olhou para o chão.

– Eu o conhecia – disse ela. – Mas se ele tivesse se mantido fiel a mim, eu teria sido sempre fiel a ele.

– Creio que, no geral, a senhora se saiu muito bem – disse Sherlock Holmes. – A senhora o teve nas mãos, e ele sabia disso; e, no entanto, a senhora está viva. Durante alguns meses esteve andando à beira do precipício. Agora devemos lhe desejar um bom-dia, senhora Lyons, e é provável que, muito em breve, deverá ter notícias nossas.

– Nosso caso está se fechando e as dificuldades vão diminuindo, uma após outra, diante de nós – disse Holmes, enquanto esperávamos a chegada do expresso da cidade. – Logo vou estar em condições de pôr numa única narrativa bem conectada um dos crimes mais singulares e sensacionais dos tempos modernos. Os estudiosos de criminologia irão se lembrar dos incidentes análogos em Grodno, na Pequena Rússia, no ano de 1866, e há, é claro, os assassinatos de Anderson na Carolina do Norte, mas este caso possui algumas características inteiramente próprias. Até agora não temos bases claras para acusar esse homem realmente muito esperto. Mas ficarei de todo surpreso se elas não estiverem bem claras antes de irmos para a cama esta noite.

O expresso de Londres chegou rugindo à estação, e um homem baixo e vigoroso como um buldogue saltou de um vagão de primeira classe. Nós três nos apertamos as mãos e vi de imediato, pela maneira reverente como Lestrade olhava para meu companheiro, que ele aprendera muito desde os dias em que haviam trabalhado juntos pela primeira vez. Eu podia lembrar do desdém que as teorias do raciocinador costumavam despertar no homem prático.

– Alguma coisa boa? – perguntou ele.

– A maior em anos – disse Holmes. – Temos duas horas antes de precisar pensar em partir. Acho que poderíamos empregá-las jantando e então, Lestrade, vamos tirar a névoa de Londres de sua garganta, fazendo-o respirar o ar puro da noite de Dartmoor. Nunca esteve lá? Ah! Bem, não creio que vá esquecer sua primeira visita.

Capítulo XIV

O cão dos Baskervilles

Um dos defeitos de Sherlock Holmes – se, na verdade, pode ser chamado de defeito – era sua profunda aversão a comunicar a totalidade de seus planos a qualquer outra pessoa até o instante de executá-los. Isso vinha em parte, sem dúvida, de sua natureza autoritária, que gostava de dominar e surpreender aqueles que o cercavam. Em parte também, de sua cautela profissional, que o impelia a nunca correr qualquer risco. O resultado, no entanto, era exasperador para aqueles que atuavam como seus agentes e assistentes. Muitas vezes sofri com isso, mas nunca tanto quanto durante aquela longa viagem de carruagem na escuridão. A grande provação estava diante de nós; finalmente, estávamos prestes a fazer nosso esforço final e, mesmo assim, Holmes não tinha dito nada, e eu podia somente supor qual seria o desdobramento da ação. Meus nervos tremiam de antemão quando, por fim, o vento frio em nosso rosto e os escuros espaços vazios dos dois lados da estrada estreita me fizeram saber que estávamos de volta ao pântano novamente. Cada passo largo dos cavalos e cada giro das rodas nos levavam para mais perto de nossa suprema aventura.

Nossa conversa foi dificultada pela presença do cocheiro da carruagem alugada, de modo que éramos obrigados a falar de coisas triviais quando nossos nervos estavam tensos de emoção e de expectativa. Foi um alívio para mim, depois daquela restrição forçada, quando finalmente passamos pela casa de Frankland e soube que nos aproximávamos da mansão e do cenário da ação. Não fomos de carruagem até a porta, mas descemos perto do portão da avenida. A carruagem foi paga e o cocheiro recebeu ordens de voltar a Coombe Tracey em seguida, enquanto começamos a caminhar para a casa Merripit.

– Está armado, Lestrade?

O pequeno detetive sorriu.

– Enquanto eu tiver minhas calças, terei um bolso na cintura, e enquanto tiver um bolso na cintura, terei alguma coisa dentro dele.

– Muito bem! Meu amigo e eu também estamos preparados para emergências.

– O senhor está totalmente fechado sobre esse caso, senhor Holmes. Qual é o jogo agora?

– Um jogo de espera.

– Palavra, este não parece um lugar muito alegre – disse o detetive com um arrepio, olhando em volta para as escuras encostas da colina e para o imenso lago de neblina que pairava sobre o charco de Grimpen. – Vejo as luzes de uma casa em nossa frente.

– Essa é a casa Merripit e o fim de nossa viagem. Devo exigir de vocês que caminhem na ponta dos pés e só falem sussurrando.

Avançamos cautelosamente pela trilha como se fôssemos para a casa, mas Holmes nos fez parar quando estávamos a cerca de 200 passos dela.

– Aqui está bem – disse ele. – Essas rochas à direita são um anteparo admirável.

– Devemos esperar aqui?

– Sim, faremos nossa pequena emboscada aqui. Entre nesse buraco, Lestrade. Você esteve dentro da casa, não é, Watson? Pode nos dizer a posição dos cômodos? A que cômodo pertencem aquelas janelas com caixilhos nessa extremidade?

– Acho que são as janelas da cozinha.

– E aquela outra mais além, que brilha tão intensamente?

– Aquela é certamente da sala de jantar.

– As venezianas estão levantadas. Você conhece melhor a disposição do terreno. Vá se arrastando, sem o menor ruído, e veja o que estão fazendo. Mas, pelo amor de Deus, não os deixe perceber que estão sendo observados!

Avancei na ponta dos pés pela trilha e me agachei atrás do muro baixo que cercava o mirrado pomar. Rastejando à sombra dele, cheguei a um ponto de onde podia olhar diretamente através da janela sem cortinas.

Havia somente dois homens na sala, Sir Henry e Stapleton. Estavam sentados, de perfil para mim, dos dois lados da mesa redonda. Ambos fumavam charuto, e havia café e vinho diante deles. Stapleton falava com animação, mas o baronete parecia pálido e distraído. Talvez a ideia da caminhada solitária, através daquele malfadado pântano, estivesse pesando seriamente em seu espírito.

Enquanto eu os observava, Stapleton se levantou e saiu da sala; Sir Henry ficou, encheu novamente seu copo e se recostou na cadeira, soltando baforadas de seu charuto. Ouvi o rangido de uma porta e o som nítido de botas sobre o cascalho. Os passos ressoaram ao longo da trilha, do outro lado do muro, sob o qual eu me agachava. Olhando por cima, vi o naturalista parar à porta de uma casinha no canto do pomar. Uma chave girou numa fechadura e, quando ele entrou, ouvi um curioso barulho de passos arrastados, vindo de dentro. Ele ficou só um minuto, ou mais ou menos isso, lá dentro; e então ouvi a chave girar novamente, ele passou por mim e entrou na casa de novo. Eu o vi reunir-se a seu convidado, e rastejei de volta silenciosamente até onde meus companheiros esperavam para lhes contar o que havia visto.

– Está dizendo, Watson, que a senhora não está lá? – perguntou Holmes quando terminei meu relato.

– Não.

– Onde pode estar, então, se não há luz em nenhum outro cômodo, a não ser na cozinha?

– Não posso dizer onde ela poderia estar.

Eu disse que sobre o grande charco de Grimpen pairava uma densa neblina branca. Ela estava vindo lentamente em nossa direção e se acumulava como um muro daquele outro lado, baixa, mas espessa e bem definida. A lua brilhava sobre ela, fazendo-a parecer um grande e tremulante campo de gelo, com os picos dos distantes penhascos como se fossem rochedos aflorando em sua superfície. O rosto de Holmes estava voltado para ela e, ao observar seu lento avanço, murmurou com impaciência.

– Ela está se movendo em nossa direção, Watson.

– Isso é sério?

– Na verdade, muito sério... a única coisa na face da terra que poderia estragar meus planos. Não pode faltar muito tempo agora. Já são 10 horas. Nosso sucesso e até a vida dele podem depender de que saia antes que a neblina cubra a trilha.

A noite estava clara e linda acima de nós. As estrelas se mostravam frias e brilhantes, enquanto uma meia-lua banhava toda a cena com uma luz suave e incerta. Diante de nós, erguia-se a massa escura da casa, com seu telhado serreado e chaminés eretas fortemente delineadas contra o céu prateado e cintilante. Largos fachos de luz dourada, vindos das janelas mais baixas, se estendiam pelo pomar e pelo pântano. Uma delas foi subitamente apagada. Os criados haviam deixado a cozinha. Restava somente a luz da sala de jantar, onde os dois homens, o anfitrião assassino e o ingênuo convidado, ainda conversavam, fumando seus charutos.

A cada minuto aquela lanosa planície branca, que cobria metade do pântano, se aproximava mais e mais da casa. As primeiras e delgadas amostras dela já batiam em espiral contra o retângulo dourado da janela iluminada. O muro do outro lado do pomar já estava invisível e as árvores se sobressaíam de um turbilhão de vapor branco. Enquanto observávamos, as tranças de neblina se aproximaram rastejando de ambos os cantos da casa e rolaram lentamente para formar um banco denso, sobre o qual o andar superior e o telhado flutuavam como uma estranha embarcação num mar sombrio. Holmes deu um soco na rocha à nossa frente e bateu os pés em sua impaciência.

– Se ele não sair dentro de um quarto de hora, a trilha estará coberta. Em meia hora, não seremos capazes de ver nossas mãos à nossa frente.

– Devemos recuar para mais longe, sobre um terreno mais alto?

– Sim, acho que seria melhor.

Assim, à medida que o banco de neblina avançava, nós recuávamos à frente dele, até que estávamos a meia milha da casa; e aquele denso mar branco, com a lua prateando sua borda superior, ia afluindo ainda lenta e inexoravelmente.

– Estamos nos afastando demais – disse Holmes. – Não podemos correr o risco de deixá-lo ser alcançado antes de conseguir chegar até nós. Temos de continuar aqui onde estamos, a todo custo. – ajoelhou-se e colou o ouvido no chão. – Graças a Deus, acho que ouço seus passos se aproximando.

Um som de passos rápidos rompeu o silêncio do pântano. Agachados entre as pedras, perscrutávamos atentamente a barreira orlada de prata diante de nós. Os passos ficaram mais audíveis e, através da neblina, como se através de uma cortina, aí caminhava o homem que esperávamos. Ele olhou em derredor, surpreso, ao emergir na noite clara e estrelada. Então veio vindo rapidamente pela trilha, passou perto do lugar em que estávamos e continuou subindo a longa encosta atrás de nós. Enquanto caminhava, olhava continuamente por sobre os ombros, como um homem que não está se sentindo tranquilo.

– Psiu! – exclamou Holmes, e ouvi o estalo brusco de uma pistola sendo engatilhada. – Atenção! Ele está vindo!

Um sapatear fraco, firme e contínuo vinha de algum lugar no coração daquele banco rastejante. A nuvem estava a 50 passos de onde estávamos, e nós a fitamos, os três, sem ter certeza de que horror haveria de irromper dali. Eu estava ao lado de Holmes e olhei de relance para o rosto dele. Estava pálido e exultante, os olhos brilhando intensamente ao luar. Subitamente, porém, seu olhar se tornou rígido, fixo, e os lábios se abriram de espanto. No mesmo instante, Lestrade soltou um grito de terror e se jogou de bruços no chão. Eu me levantei de um salto, com a mão inerte agarrando a pistola, minha mente paralisada pela apavorante forma que havia surgido diante de nós, saída das sombras da neblina. Era um cão, um enorme cão negro como carvão, mas não um cão como olhos mortais já tivessem visto. Fogo jorrava de sua boca aberta, os olhos faiscavam como um clarão em brasa; o focinho, os pelos do pescoço e a papada eram delineados por um resplendor tremulante. Nem no sonho delirante de um cérebro descompensado poderia ser concebido algo mais selvagem, mais aterrador, mais diabólico do que aquela forma escura de mandíbulas brutais que irrompeu do muro de neblina.

Com longos saltos, o enorme animal negro estava correndo pela trilha, seguindo de perto as pegadas de nosso amigo. Ficamos tão paralisados pela aparição que permitimos que passasse antes de recobrarmos nossa coragem. Então, Holmes e eu atiramos os dois ao mesmo tempo, e o animal soltou um urro hediondo, que mostrou que pelo menos um de nós o havia acertado. Não parou e continuou saltando em frente. Bem longe na trilha, vimos Sir Henry olhando para trás, com o rosto branco ao luar, as mãos erguidas em pavor, fitando impotente a coisa horrenda que o perseguia. Mas aquele grito de dor do cão havia dissipado todo o nosso medo. Se era vulnerável, era mortal e, se podíamos feri-lo, podíamos matá-lo. Nunca vi um homem correr como Holmes corria naquela noite. Sou reconhecido como muito veloz a pé, mas ele me ultrapassou tanto quanto eu ultrapassei o pequeno profissional. Diante de nós, à medida que voávamos pela trilha, ouvíamos grito após grito de Sir Henry e o rugido profundo do cão. Cheguei a tempo de ver o animal saltar sobre a vítima, derrubá-la e pular para a garganta dela. Mas, no instante seguinte, Holmes havia esvaziado o tambor de cinco balas de seu revólver contra o flanco do animal. Com um último uivo de agonia e uma inútil mordida no ar, ele rolou sobre seu dorso, com as quatro patas se debatendo furiosamente; e então caiu inerte, de lado. Inclinei-me, ofegante, e apertei minha pistola contra a cabeça pavorosa e tremeluzente, mas era inútil apertar o gatilho. O gigantesco cão estava morto.

Sir Henry jazia sem sentidos onde havia caído. Rasgamos o colarinho dele e Holmes murmurou uma prece de agradecimento quando viu que não havia nenhum sinal de ferimento e que o socorro tinha chegado a tempo. As pálpebras de nosso amigo já tremiam e ele fez um débil esforço para se mover. Lestrade enfiou seu frasco de conhaque entre os dentes do baronete, e dois olhos aterrorizados se dirigiram para nós.

– Meu Deus! – sussurrou ele. – Que foi isso? O que, em nome dos céus, foi isso?

– Está morto, o que quer que fosse – disse Holmes. – Derrubamos o fantasma da família de uma vez por todas.

Só pelo tamanho e pela força, era um animal terrível que estava estirado no chão, diante de nós. Não era um puro cão de caça nem um mastim puro; mas parecia uma combinação dos dois – magro, selvagem e tão grande como uma pequena leoa. Mesmo agora, na imobilidade da morte, as enormes mandíbulas pareciam gotejar uma chama azulada; e os olhos pequenos, fundos e cruéis estavam rodeados de fogo. Pus a mão sobre o focinho faiscante e, quando os ergui, meus próprios dedos tremeluziam e brilhavam na escuridão.

– Fósforo – disse eu.

– Uma preparação astuciosa dele – disse Holmes, cheirando o animal morto. – Não há nenhum odor que pudesse ter interferido no poder de seu faro. Nós lhe devemos sinceras desculpas, Sir Henry, por tê-lo exposto a esse pavor. Eu estava preparado para ver um cão, mas não uma criatura como esta. E a neblina nos deu pouco tempo para recebê-lo.

– O senhor salvou a minha vida.

– Depois de tê-la posto em perigo. Sente-se bastante forte para ficar de pé?

– Dê-me mais um gole daquele conhaque e estarei pronto para qualquer coisa. Assim! Agora, se quiser me ajudar a levantar. Que pretende fazer?

– Deixá-lo aqui. Não está em condições para mais aventuras esta noite. Se quiser esperar, um de nós vai voltar com o senhor para a mansão.

Ele tentou se equilibrar sobre suas pernas, mas estava ainda mortalmente pálido e tremia da cabeça aos pés. Nós o ajudamos a chegar até uma rocha, onde se sentou tiritando, com a cabeça enterrada nas mãos.

– Agora temos de deixá-lo – disse Holmes. – O resto de nosso trabalho deve ser feito e cada minuto é importante. Temos nosso caso e agora só queremos nosso homem.

– A possibilidade de encontrá-lo em casa é de mil contra uma – continuou ele, enquanto refazíamos nossos passos rapidamente pela trilha. – Aqueles tiros devem tê-lo informado de que o jogo terminou.

– Estávamos a alguma distância da casa e essa neblina pode tê-los abafado.

– Ele seguiu o cão para chamá-lo de volta... podem ter certeza disso. Não, não, a esta altura já foi embora! Mas vamos revistar a casa e nos assegurar.

Como a porta da frente estava aberta, nos arremessamos para dentro e corremos de cômodo em cômodo, para espanto de um velho empregado claudicante que nos encontrou no corredor. Não havia luz, a não ser na sala de jantar, mas Holmes apanhou o lampião e não deixou um canto da casa inexplorado. Não conseguimos encontrar nenhum sinal do homem que procurávamos. No andar superior, porém, a porta de um dos quartos estava trancada.

– Há alguém aí dentro! – gritou Lestrade. – Posso ouvir um movimento. Abra essa porta!

Um fraco gemido e um roçar vieram de dentro. Holmes golpeou a porta logo acima da fechadura com a sola do pé, e ela se abriu. Pistola na mão, nós três nos precipitamos para dentro do quarto.

Mas não havia nele nenhum sinal daquele vilão desesperado e desafiador que esperávamos ver. Em vez disso, nos deparamos com um objeto tão estranho e tão inesperado que, por um instante, ficamos olhando para ele, estupefatos.

O quarto estava arrumado como um pequeno museu e as paredes estavam tomadas por uma grande quantidade de caixas com tampa de vidro, cheias daquela coleção de borboletas e mariposas, cuja montagem tinha sido o entretenimento desse complexo e perigoso homem. No centro desse quarto, havia uma viga vertical, que fora colocada ali um dia como suporte das velhas e carcomidas traves de madeira que atravessavam o teto. Nesse poste, estava presa uma figura, tão enfaixada e recoberta pelos lençóis que haviam sido usados para amarrá-la, que não podíamos saber, por um momento, se era um homem ou uma mulher. Uma toalha passava-lhe pelo pescoço e estava presa atrás da coluna. Outra cobria a parte inferior do rosto e, acima dela, dois olhos escuros – olhos cheios de aflição e de vergonha e com uma terrível indagação – nos fitavam. Num minuto havíamos arrancado a mordaça, desfeito os laços, e a senhora Stapleton caiu no chão, diante de nós. Quando sua bela cabeça tombou sobre o peito, vi o claro vergão vermelho de uma chicotada em seu pescoço.

– O brutamontes! – exclamou Holmes. – Aqui, Lestrade, sua garrafa de conhaque!

Sente-a na cadeira! Desmaiou por causa dos maus-tratos e de exaustão.

Ela abriu os olhos de novo.

– Ele está a salvo? – perguntou ela. – Escapou?

– Não poderá escapar de nós, madame.

– Não, não, não me refiro a meu marido. Sir Henry ? Está a salvo?

– Sim.

– E o cão?

– Está morto.

Ela deu um longo suspiro de satisfação.

– Graças a Deus! Graças a Deus! Oh! Esse crápula! Vejam como me tratou! – arregaçou as mangas e vimos com horror que seus braços estavam cobertos de contusões. – Mas isso não é nada... nada! Minha mente e minha alma é que ele torturou e aviltou. Eu poderia suportar tudo, maus-tratos, solidão, uma vida de decepção, tudo, contanto que ainda pudesse me agarrar à esperança de ter o amor dele, mas agora sei que também nisso fui joguete e instrumento dele. – caiu em agitados soluços enquanto falava.

– Não tenha nenhuma benevolência com ele, madame – disse Holmes. – Conte-nos, então, onde poderemos encontrá-lo. Se alguma vez o ajudou no mal, ajude-nos agora e assim expie pelo que fez.

– Só há um lugar para onde pode ter fugido – respondeu ela. –

Há uma velha mina de estanho numa ilha no coração do charco. Era lá que ele mantinha o cão e foi lá também que fez preparativos para que pudesse ter um refúgio. É para lá que ele haveria de fugir.

O banco de neblina permanecia como lã branca contra a janela. Holmes aproximou o lampião em direção a ela.

– Vejam – disse ele. – Ninguém conseguiria encontrar o caminho para entrar no charco de Grimpen esta noite.

Ela riu e bateu palmas. Seus olhos e dentes brilhavam com alegria feroz.

– Ele poderá encontrar o caminho para entrar, mas nunca para sair! – exclamou ela. – Como poderá ver esta noite as estacas que indicam o caminho? Nós as fincamos juntos, ele e eu, para marcar a trilha através do charco. Oh! Se pelo menos eu tivesse podido arrancá-las hoje! Então, sim, os senhores o teriam realmente à mercê.

Estava evidente para nós que qualquer busca seria inútil até que a neblina se dissipasse. Nesse meio tempo, deixamos Lestrade tomando conta da casa, enquanto Holmes e eu voltamos com o baronete para a mansão Baskerville. Não era mais possível esconder a história dos Stapletons, mas ele enfrentou o golpe bravamente, ao saber a verdade sobre a mulher que havia amado. Mas o choque das aventuras da noite lhe havia destroçado os nervos e, antes do amanhecer, ele jazia delirante e com febre alta, sob os cuidados do Dr. Mortimer. Os dois estavam destinados a dar uma volta ao redor do mundo juntos antes que Sir Henry se tornasse, uma vez mais, o homem sadio e vigoroso que havia sido antes de assumir como dono aquela malfadada propriedade.

E agora chego rapidamente à conclusão desta singular narrativa, na qual tentei levar o leitor a compartilhar daqueles medos soturnos e vagas suposições que anuviaram nossa vida por tanto tempo e que terminaram de uma maneira tão trágica. Na manhã depois da morte do cão, a neblina se havia dissipado e fomos guiados pela senhora Stapleton até o ponto onde eles haviam encontrado um caminho através do charco. Quando vimos a ansiedade e a alegria com que ela nos pôs na pista do marido, isso nos ajudou a compreender o horror da vida dessa mulher. Nós a deixamos na estreita península de terra firme e turfosa que se afilava para dentro do vasto brejo. A partir do ponto em que essa península terminava, uma pequena estaca fincada aqui e acolá mostrava por onde o caminho ziguezagueava, de tufo em tufo de juncos, por entre aquelas fossas de espuma verde e pútridos lodaçais, que impediam a passagem do forasteiro. Juncos exuberantes e plantas aquáticas viçosas e lodosas lançavam um odor de podridão e um denso vapor miasmático em nosso rosto, enquanto, mais de uma vez, um passo em falso nos mergulhava até a coxa no charco escuro e tremulante, que se agitava em suaves ondulações em torno de nossos pés. Seu aperto tenaz agarrava nossos calcanhares enquanto caminhávamos e, quando afundávamos nele, era como se uma mão maligna estivesse puxando com força para dentro daquelas profundezas asquerosas, tão inflexível e intencional era a garra que nos prendia. Somente uma vez vimos um sinal de que alguém havia passado por aquele caminho perigoso antes de nós. De dentro de uma moita de erióforos, que a mantinha fora do lodo, uma coisa escura se projetava. Holmes afundou até a cintura ao dar um passo fora do caminho para apanhá-la e, se não estivéssemos lá para arrastá-lo até o caminho, nunca mais teria pisado em terra firme novamente. Ele segurava uma velha bota preta no ar. "Meyers, Toronto" estava impresso na parte de dentro do couro.

– Isso vale um banho de lama – disse ele. – É a bota que faltava de nosso amigo Sir Henry.

– Jogada ali por Stapleton em sua fuga.

– Exatamente. Ele a manteve nas mãos depois de usá-la para pôr o cão no rastro. Fugiu quando percebeu que o jogo tinha terminado, e ainda a segurava. E a jogou fora nesse ponto da fuga. Sabemos, pelo menos, que chegou até aqui incólume.

Mas o destino não quis jamais que soubéssemos mais do que isso, embora houvesse muito que pudéssemos supor. Não havia a menor possibilidade de encontrar pegadas no charco, pois a lama que subia rapidamente as encobria, porém, quando finalmente chegamos a um terreno mais firme, além do brejo, procuramos avidamente por elas. Mas nenhuma delas apareceu a nossos olhos. Se a terra contava uma história verdadeira, então Stapleton nunca chegou até aquela ilha de refúgio, para a qual se dirigira através da neblina na noite anterior. Em algum lugar no coração do grande charco de Grimpen, no fundo do lodo fétido do enorme lamaçal que o havia sugado, esse homem frio e cruel está sepultado para sempre.

Encontramos muitos vestígios dele na ilha no meio do charco, onde havia escondido seu selvagem aliado. Uma enorme roda propulsora e um poço cheio, pela metade, de lixo mostravam a situação de uma mina abandonada. Ao lado dela, estavam os escombros das cabanas dos mineiros, expulsos, sem dúvida, pelo mau cheiro nauseabundo do charco circundante. Numa delas, um grampo e uma corrente, com uma quantidade de ossos roídos, mostravam onde o animal havia sido confinado. Um esqueleto a que se prendia um emaranhado de pelos castanhos jazia entre os restos.

– Um cão! – disse Holmes. – Por Deus, um spaniel de pelo anelado. O pobre Mortimer nunca mais vai ver seu pequeno animal de estimação. Bem, não sei se este lugar contém algum segredo que ainda não tenhamos compreendido. Ele podia esconder seu cão, mas não podia calar sua voz, daí aqueles gritos que mesmo à luz do dia não eram agradáveis de se ouvir. Numa emergência, ele podia manter o cão na casinha em Merripit, mas era sempre um risco e só ousou fazê-lo no dia supremo, que via como o fim de todos os seus esforços. Essa pasta na lata é, sem dúvida, a mistura luminosa com que o animal era pintado toscamente. Isso foi sugerido, é claro, pela história do cão infernal da família e pelo desejo de matar de susto o velho Sir Charles. Não é de admirar que o pobre diabo de um prisioneiro tenha corrido e urrado exatamente como fez nosso amigo, e como nós mesmos teríamos feito ao ver semelhante animal saltando pela escuridão do pântano a seu encalço. Foi um estratagema astucioso, pois, além da possibilidade de levar a vítima à morte, que camponês se arriscaria a examinar bem de perto um animal como esse, se o avistasse, como muitos o viram, no pântano! Eu disse isso em Londres, Watson, e o digo novamente agora, que nunca até hoje ajudamos a caçar um homem mais perigoso que ele, que está jazendo ali mais adiante... – ele esticou seu longo braço em direção à enorme vastidão do charco, salpicada de manchas verdes, que se estendia à distância, até se fundir com as encostas avermelhadas do pântano.

Capítulo XV

Um retrospecto

Era fim de novembro; Holmes e eu estávamos sentados, numa noite fria e nevoenta, ao lado de um fogo ardente em nossa sala de estar na Baker Street. Desde o trágico desfecho de nossa visita a Devonshire, ele estivera empenhado em dois casos da maior importância, no primeiro dos quais havia denunciado a atroz conduta do coronel Upwood em conexão com o famoso escândalo das cartas no clube Nonpareil, enquanto no segundo havia defendido a infeliz madame Montpesier da acusação de assassinato, que pesava sobre ela em relação à morte de sua enteada, a senhorita Carère, a jovem que, como deve ser lembrado, foi encontrada, seis meses depois, viva e casada em Nova Iorque. Como meu amigo estava de excelente humor com o sucesso que havia acompanhado uma sucessão de casos difíceis e importantes, consegui induzi-lo a discutir os detalhes do mistério dos Baskervilles. Eu havia esperado pacientemente pela oportunidade, pois sabia que ele jamais permitiria que casos se sobrepusessem e que sua mente clara e lógica não se deixaria desviar de seu trabalho atual para se demorar em memórias do passado. Sir Henry e o Dr. Mortimer, porém, estavam em Londres, a caminho daquela longa viagem que havia sido recomendada para a restauração de seus nervos destroçados. Como eles nos haviam visitado naquela mesma tarde, era natural que o assunto fosse objeto de discussão.

– Todo o curso dos eventos – disse Holmes –, do ponto de vista do homem que dizia se chamar Stapleton foi simples e direto, embora para nós, que não tínhamos nenhum meio, no início, de saber os motivos das ações dele e só podíamos conhecer parte dos fatos, tudo parecesse extremamente complexo. Tive a meu favor a vantagem de duas conversas com a senhora Stapleton e agora o caso foi tão inteiramente elucidado que não sei se há ainda alguma coisa que tenha permanecido secreta para nós. Você vai encontrar algumas anotações sobre o assunto sob a letra B em minha lista indexada de casos.

– Talvez pudesse me fazer a gentileza de dar, de memória, um resumo do curso dos fatos.

– Certamente, embora não possa garantir ter todos os fatos em mente. A concentração mental intensa tem uma curiosa maneira de rasurar o que passou. O advogado que tem seu caso na ponta da língua, e é capaz de discutir com um especialista sobre seu próprio assunto, descobre que uma ou duas semanas de tribunais varrem aquilo tudo de sua cabeça de novo. Assim, cada um de meus casos apaga o último; e o caso da senhorita Carère obscureceu minha lembrança da mansão Baskerville. Amanhã poderá ser submetido à minha apreciação algum outro pequeno problema, que, por sua vez, vai desalojar a bela dama francesa e o infame Upwood. Com relação ao caso do cão, porém, vou lhe dar o curso dos acontecimentos tão bem quanto posso e você poderá sugerir qualquer coisa que eu possa ter esquecido.

"Minhas investigações mostram, sem dúvida alguma, que o retrato de família não mentia e que esse sujeito era realmente um Baskerville. Era filho daquele Rodger Baskerville, irmão mais moço de Sir Charles, que fugiu com uma reputação sinistra para a América do Sul, onde constava que teria morrido solteiro. Na verdade, ele se havia casado e tivera um filho, esse sujeito, cujo nome real é o mesmo do pai. Ele se casou com Beryl Garcia, uma das beldades da Costa Rica e, tendo roubado uma considerável soma de dinheiro público, mudou de nome para Vandeleur e fugiu para a Inglaterra, onde fundou uma escola a leste de Yorkshire. O motivo para ele tentar essa linha especial de negócio foi porque tinha feito amizade com um preceptor tuberculoso na viagem para casa e porque tinha usado a capacidade desse homem para tornar o empreendimento um sucesso. Mas Fraser, o preceptor, morreu e a escola, que começara bem, decaiu da má fama para a infâmia. Os Vandeleur julgaram conveniente mudar o nome para Stapleton e ele trouxe o resto da fortuna, os planos para o futuro e o gosto pela entomologia para o sul da Inglaterra. Fiquei sabendo, no Museu Britânico, que ele era uma autoridade reconhecida no assunto e que o nome Vandeleur ficou permanentemente associado a certa mariposa que ele, em seus tempos de Yorkshire, foi o primeiro a descrever."

"Agora chegamos à parte da vida dele que se revelou ser de interesse tão intenso para nós. O sujeito evidentemente havia feito investigações e tinha descoberto que somente duas vidas se interpunham entre ele e uma valiosa herança. Quando ele foi para Devonshire, os planos dele eram, acredito, extremamente obscuros, mas que ele tivesse más intenções desde o início, fica evidente pelo modo como levou a mulher, disfarçada de irmã. A ideia de usá-la como um chamariz já estava muito clara na mente dele, embora talvez não soubesse ao certo como os detalhes da trama deveriam se encaixar. O objetivo final era apoderar-se da herança e estava disposto a lançar mão de qualquer instrumento ou correr qualquer risco para alcançar esse objetivo. O primeiro ato foi o de se estabelecer tão perto da casa do ancestral quanto pudesse; e o segundo foi cultivar amizade com Sir Charles Baskerville e com os vizinhos."

"O próprio baronete lhe falou sobre o cão da família e assim preparou o caminho para a própria morte. Stapleton, como vou continuar a chamá-lo, sabia que o coração do velho era fraco e que um choque o haveria de matar. Soubera disso pelo Dr. Mortimer. Ouvira falar também que Sir Charles era supersticioso e que havia levado muito a sério essa lenda horrível. No mesmo instante, a engenhosa mente dele concebeu uma maneira pela qual o baronete poderia ser levado à morte, de tal modo que fosse praticamente impossível descobrir e condenar o verdadeiro assassino."

"Tendo concebido a ideia, passou a pô-la em prática com considerável astúcia. Um maquinador comum teria se contentado em trabalhar com um cão selvagem. O uso de meios artificiais, para tornar o animal diabólico, foi um golpe de gênio da parte dele. Comprou o cão em Londres, de Ross e Mangles, comerciantes da Fulham Road. Era o maior e o mais bravio que possuíam. Trouxe-o pela linha North Devon e caminhou uma grande distância pelo pântano, a fim de levá-lo para casa sem despertar nenhum comentário. Já havia aprendido a penetrar no charco de Grimpen durante as caçadas de insetos e, assim, tinha encontrado um esconderijo seguro para o animal. Ali o abrigou e esperou a oportunidade."

"Mas ela demorou um pouco a chegar. Não havia como atrair o velho cavalheiro para fora de suas terras à noite. Várias vezes, Stapleton se escondeu com o cão nas cercanias, mas em vão. Foi durante essas buscas infrutíferas que ele, ou melhor, seu aliado, foi visto por camponeses e que a lenda do cão demoníaco recebeu nova confirmação. Ele tivera a esperança de que a esposa pudesse atrair Sir Charles para sua ruína, mas nesse ponto ela se mostrou inesperadamente independente. Ela não se disporia a envolver o velho cavalheiro numa ligação sentimental que pudesse entregá-lo ao inimigo. Ameaças e até, lamento dizer, surras foram incapazes de forçá-la. Ela não queria saber daquilo e, por algum tempo, Stapleton se viu num beco sem saída."

"Ele descobriu uma maneira de resolver suas dificuldades por acaso. Sir Charles, que nutria amizade por ele, o fez encarregado de suas ações de caridade no caso dessa infeliz mulher, a senhora Laura Lyons. Apresentando-se como um homem solteiro, ele adquiriu completa ascendência sobre ela e lhe deu a entender que, caso ela conseguisse se divorciar do marido, se casaria com ela. Os planos dele chegaram subitamente a um ponto crítico, ao saber que Sir Charles estava prestes a deixar a mansão, a conselho do Dr. Mortimer, com cuja opinião ele próprio fingiu concordar. Tinha de agir imediatamente ou a vítima poderia escapar das garras dele. Assim, pressionou a senhora Lyons a escrever aquela carta, implorando ao velho que lhe concedesse uma entrevista na noite anterior à anunciada partida para Londres. Depois, por meio de uma argumentação capciosa, impediu-a de ir e assim teve a oportunidade que esperava."

"Voltando de carruagem de Coombe Tracey à noite, ele teve tempo de apanhar o cão, lambuzá-lo com aquela tinta infernal e levá-lo até as proximidades do portão, onde tinha razões para acreditar que encontraria o velho cavalheiro esperando. O cão, incitado pelo dono, saltou sobre o portão e perseguiu o infeliz baronete, que fugiu gritando pela alameda dos teixos. Naquele túnel sombrio, deve ter sido realmente uma visão terrível ver aquele enorme animal preto, com suas mandíbulas e olhos faiscantes, saltando atrás da vítima. Ele caiu morto no fim da alameda, de ataque cardíaco e de terror. Como o cão se havia mantido sobre a margem gramada enquanto o baronete corria pelo caminho, só as pegadas do homem eram visíveis. Ao vê-lo caído imóvel, o animal provavelmente tinha se aproximado para farejá-lo, mas, encontrando-o morto, voltou a se afastar. Foi então que deixou a pegada que, de fato, foi observada pelo Dr. Mortimer. O cão foi chamado e levado embora às pressas para seu covil no charco de Grimpen; e restou um mistério que intrigou as autoridades, alarmou a região e, finalmente, trouxe o caso para o objeto de nossa observação."

"Tudo isso no tocante à morte de Sir Charles Baskerville. Você percebe a diabólica astúcia disso, pois seria realmente quase impossível incriminar o verdadeiro assassino. Seu único cúmplice era alguém que jamais poderia denunciá-lo, e a natureza grotesca e inconcebível do estratagema só serviu para torná-lo mais eficaz. As duas mulheres relacionadas com o caso, a senhora Stapleton e a senhora Laura Lyons, ficaram com forte desconfiança de Stapleton. A senhora Stapleton sabia que ele tinha planos em relação ao velho e também sabia da existência do cão. A senhora Lyons não sabia de nenhuma dessas coisas, mas havia ficado impressionada pela morte ter ocorrido na hora de um encontro não cancelado, do qual somente ele sabia. Ambas, porém, estavam sob a influência dele, que nada tinha a temer delas. A primeira metade da tarefa foi realizada com sucesso, mas ainda restava a mais difícil."

"É possível que Stapleton não soubesse da existência de um herdeiro no Canadá. De qualquer modo, logo tomaria conhecimento dela por meio do amigo Dr. Mortimer, e este lhe contou todos os detalhes sobre a chegada de Henry Baskerville. A primeira ideia de Stapleton foi que esse jovem estrangeiro do Canadá poderia possivelmente ser morto em Londres, sem até mesmo deixá-lo chegar a Devonshire. Ele desconfiava da mulher desde que ela se havia recusado a ajudá-lo a preparar uma armadilha para o velho e não ousava perdê-la de vista por muito tempo, com medo de perder seu controle sobre ela. Foi por essa razão que a levou para Londres consigo. Eles se hospedaram, acredito, no Mexborough Private Hotel, na Craven Street, que foi realmente um daqueles visitados por meu agente à procura de indícios. Ali manteve a mulher aprisionada no quarto, enquanto ele, disfarçado com uma barba, seguiu o Dr. Mortimer até a Baker Street e mais tarde até a estação e ao Northumberland Hotel. Sua mulher tinha algum pressentimento dos planos dele; mas sentia tanto medo do marido... um medo fundado em maus-tratos brutais... que não ousou escrever para advertir o homem que sabia estar em perigo. Se a carta caísse nas mãos de Stapleton, a própria vida dela não estaria a salvo. Finalmente, como sabemos, ela adotou o expediente de recortar as palavras que formariam a mensagem e de endereçar a carta com uma letra disfarçada. A mensagem chegou ao baronete e lhe deu o primeiro aviso sobre o perigo."

"Era realmente essencial para Stapleton conseguir alguma peça de vestuário de Sir Charles, de modo que, no caso de ser compelido a usar o cão, pudesse ter sempre o meio de lançá-lo no rastro do baronete. Com especial diligência e audácia, tratou disso imediatamente e não podemos duvidar de que o engraxate ou a camareira do hotel tenha recebido uma bela gorjeta para ajudá-lo no plano. Um acaso, porém, fez com que a primeira bota que lhe foi entregue fosse nova e, portanto, inútil para o propósito dele. Devolveu-a, então, e obteve outra. Um incidente extremamente instrutivo, pois provou conclusivamente para mim que estávamos lidando com um cão verdadeiro, pois nenhuma outra suposição podia explicar essa ansiedade em obter uma bota velha e essa indiferença por uma nova. Quanto mais extravagante e grotesco é um incidente, mais cuidadosamente merece ser examinado, e o próprio ponto que parece complicar um caso é, quando devidamente considerado e cientificamente tratado, o que mais provavelmente o elucida."

"Depois tivemos a visita de nossos amigos, na manhã seguinte, sempre seguidos por Stapleton na charrete. O fato de ele conhecer nosso apartamento e minha aparência, bem como pela conduta geral dele, me levam a pensar que a carreira criminosa de Stapleton não tenha se limitado, em absoluto, a esse único caso de Baskerville. É sugestivo que durante os últimos três anos tenha havido quatro consideráveis arrombamentos com roubo na região oeste, pelos quais nenhum criminoso jamais foi preso. O último deles, em Folkestone Court, em maio, foi notável pelo tiro dado a sangue-frio no mensageiro que surpreendeu o ladrão mascarado e solitário. Não posso duvidar de que Stapleton amealhou seus recursos, que estavam minguando, dessa maneira e que, por anos, tenha sido um homem desesperado e perigoso."

"Tivemos um exemplo da presença de espírito dele, naquela manhã quando escapou de nós com tanto sucesso e também da audácia dele ao me mandar como mensagem meu próprio nome por meio do cocheiro. A partir daquele momento, ele entendeu que eu tinha assumido o caso em Londres e que, portanto, não havia nenhuma chance para ele ali. Voltou para Dartmoor e esperou a chegada do baronete."

– Um momento! – disse eu. – Sem dúvida, você descreveu a sequência dos fatos corretamente, mas há um ponto que deixou sem explicação. Que foi feito do cão quando seu dono estava em Londres?

– Dei alguma atenção a essa questão e ela é de indubitável importância. Não pode haver dúvida de que Stapleton tinha um confidente, embora seja improvável que jamais se tenha ele próprio decidido a compartilhar todos os seus planos com ele. Havia um velho empregado na casa Merripit, cujo nome era Anthony. Sua relação com os Stapletons pode ser marcada por vários anos, remontando aos de diretor da escola, de modo que ele devia saber que seus patrões eram realmente marido e mulher. Esse homem desapareceu e fugiu do país. É sugestivo que Anthony não seja um nome comum na Inglaterra, enquanto Antonio o é em todos os países hispânicos ou hispano-americanos. O homem, como a própria senhora Stapleton, falava um bom inglês, mas com um sotaque peculiar. Eu mesmo vi esse velho atravessar o charco de Grimpen pela trilha que Stapleton havia demarcado. É muito provável, portanto, que na ausência do patrão era ele quem cuidava do cão, embora talvez nunca tenha sabido para qual propósito o animal era utilizado.

"Depois os Stapletons foram para Devonshire, logo seguidos por Sir Henry e você. Uma palavra agora sobre minha posição naquele momento. Possivelmente você deva se lembrar de que, quando examinei o papel em que as palavras impressas estavam coladas, fiz uma inspeção bem próxima da marca-d'água. Ao fazê-lo, segurei o papel a poucas polegadas dos olhos e percebi um leve cheiro do perfume conhecido como jasmim-branco. Há 75 perfumes e é de capital importância que um especialista em crimes seja capaz de distingui-los uns dos outros; e houve casos, mais de uma vez em minha própria experiência, que dependeram do pronto reconhecimento deles. O perfume sugeria a presença de uma mulher, e meus pensamentos já começavam a se voltar para os Stapletons. Assim, eu me havia certificado do cão e suspeitado do criminoso antes mesmo de irmos para o oeste da região."

"Meu plano era vigiar Stapleton. Era evidente, porém, que não poderia fazer isso se estivesse com você, visto que ele haveria de ficar sobremaneira alerta. Por isso enganei todos, inclusive você, e fui para lá secretamente quando se supunha que eu estava em Londres. Meus apuros não foram tão grandes quanto você imaginou, embora esses detalhes triviais nunca devam interferir na investigação de um caso. Passei a maior parte do tempo em Coombe Tracey e só usei a cabana no pântano quando era necessário estar perto do cenário da ação. Cartwright tinha ido comigo e, em seu disfarce de menino camponês, me foi de grande ajuda. Eu dependia dele para comida e roupa limpa. Enquanto eu vigiava Stapleton, Cartwright estava frequentemente vigiando você, de modo que eu conseguia ter tudo em minhas mãos."

"Já lhe contei que seus relatórios chegavam a mim rapidamente, sendo reenviados no mesmo instante da Baker Street para Coombe Tracey. Foram de grande valia e, de modo especial, aquele trecho incidentalmente verdadeiro da biografia de Stapleton. Consegui estabelecer a identidade do homem e da mulher e, finalmente, soube exatamente qual era minha posição. O caso havia se complicado consideravelmente por causa do incidente do prisioneiro fugitivo e das relações entre ele e os Barrymores. Isso também você esclareceu de maneira muito eficaz, embora eu já tivesse chegado às mesmas conclusões, a partir de minhas próprias observações."

"No momento em que você me descobriu no pântano, eu tinha um conhecimento completo de todo o caso, mas não uma acusação que pudesse ser apresentada a um júri. Nem mesmo o atentado de Stapleton contra Sir Henry naquela noite, que terminou na morte do infeliz prisioneiro, nos ajudava muito para provar que nosso homem era culpado de assassinato. Parecia não haver alternativa senão apanhá-lo em flagrante e, para isso, tínhamos de usar Sir Henry, sozinho e aparentemente desprotegido, como isca. Assim fizemos e, ao custo de um grave choque para nosso cliente, conseguimos concluir nosso caso e levar Stapleton para sua própria destruição. Que Sir Henry tivesse de ser exposto a isso é, devo confessar, uma mancha em minha condução do caso, mas não tínhamos meios de prever o terrível e paralisante espetáculo que o animal apresentou, nem podíamos prever a neblina que lhe permitiu saltar sobre nós tão repentinamente. Logramos nosso objetivo a um custo que tanto o especialista como o Dr. Mortimer me garantem que será apenas temporário. Uma longa viagem poderá permitir a nosso amigo recobrar-se não somente de seus nervos abalados, mas também de seus sentimentos feridos. O amor que ele nutria pela dama era profundo e sincero e, para ele, a parte mais triste de todo esse caso foi ter sido enganado por ela."

"Resta apenas indicar o papel que ela havia desempenhado o tempo todo. Não pode haver dúvida de que Stapleton exercia uma influência sobre ela que talvez fosse amor ou talvez medo, ou muito possivelmente ambos, uma vez que essas não são, de modo algum, emoções incompatíveis. Era, pelo menos, uma influência absolutamente eficaz. A mando dele, ela consentiu em se passar por irmã, embora ele tenha encontrado os limites de seu poder sobre ela quando tentou torná-la cúmplice direta no assassinato. Ela estava pronta a advertir Sir Henry, desde que pudesse fazê-lo sem incriminar o marido, e tentou isso repetidas vezes. O próprio Stapleton parece ter sido capaz de ciúme e quando viu o baronete fazendo a corte à mulher, muito embora isso fosse parte do plano dele, não conseguiu deixar de interromper o ato com uma explosão apaixonada, que revelou a alma irascível que suas maneiras controladas ocultavam tão habilmente. Ao encorajar a intimidade, ele tinha certeza de que Sir Henry passaria a frequentar seguidamente a casa Merripit; e isso haveria de lhe dar, mais cedo ou mais tarde, a oportunidade que desejava. No dia da crise, no entanto, a esposa se voltou subitamente contra ele. Ela ouvira alguma coisa sobre a morte do prisioneiro e sabia que o cão estava sendo mantido na casinha na noite em que Sir Henry deveria vir para o jantar. Acusou o marido pelo crime que pretendia cometer; seguiu-se então uma cena furiosa, em que ele lhe mostrou, pela primeira vez, que ela tinha uma rival no amor. A fidelidade dela se transformou num instante em ódio implacável; e ele percebeu que ela o haveria de trair. Amarrou-a, portanto, para que não tivesse chance de avisar Sir Henry e esperava que, sem dúvida, quando toda a região atribuísse a morte do baronete à maldição da família, como certamente todos fariam, ele haveria de reconquistar a mulher, levando-a a aceitar um fato consumado e a guardar silêncio sobre o que sabia. Nisso imagino que, de qualquer modo, ele cometeu um erro de cálculo e que, mesmo que nós não estivéssemos lá, o destino dele estaria, de qualquer jeito, selado. Uma mulher de sangue espanhol não perdoa uma afronta como essa tão facilmente. E agora, meu caro Watson, sem me referir a minhas anotações, não posso lhe fazer um relato mais detalhado desse curioso caso. Não sei se algo de essencial ficou sem explicação."

– Ele não podia ter esperança de matar Sir Henry de medo com seu cão infernal, como tinha feito com o velho tio.

– O animal era selvagem e estava faminto. Se a aparência dele não matasse a vítima de medo, pelo menos haveria de paralisar a resistência que pudesse ser oferecida.

– Sem dúvida. Só resta uma dificuldade. Se Stapleton recebesse a herança, como poderia explicar o fato de que ele, o herdeiro, tinha vivido sem se declarar, sob outro nome, tão perto da propriedade? Como poderia reivindicá-la sem causar suspeita e decorrente investigação?

– É uma dificuldade enorme e receio que você esteja me pedindo muito ao esperar que eu a resolva. O passado e o presente estão dentro do campo de minha investigação, mas o que um homem pode fazer no futuro é uma questão difícil de responder. A senhora Stapleton ouviu o marido discutir o problema em diversas ocasiões. Havia três caminhos possíveis. Ele poderia reivindicar a propriedade a partir da América do Sul, comprovar a identidade dele perante as autoridades inglesas de lá e, assim, obter a fortuna sem jamais vir para a Inglaterra; ou poderia adotar um elaborado disfarce durante o curto período de tempo que precisava passar em Londres; ou, ainda, poderia fornecer as provas e os papéis a um cúmplice, apresentando-o como herdeiro e conservando o direito sobre certa proporção da renda deste. Não podemos duvidar, pelo que conhecemos dele, de que teria encontrado algum meio de sair da dificuldade. E agora, meu caro Watson, tivemos algumas semanas de trabalho árduo e acho que, por uma noite, podemos voltar nossos pensamentos para coisas mais agradáveis. Tenho um camarote para a ópera "Les Huguenots". Já ouviu falar de De Reszke?[1] Poderia então incomodá-lo, ao lhe pedir que esteja pronto em meia hora e assim podermos passar no Marcini's para um leve jantar no caminho?

1 Jan Mieczyslaw Reszke (1850-1925), mais conhecido como Jean de Reszke, tenor polonês nascido em Varsóvia, foi considerado o maior cantor de ópera do século XIX (N. do T.).

Impresso na Gráfica Oceano